한재호 장편소설

부코스키가 간다

제2회 창비장편소설상 수상작

창비

온실효과

"말도 안돼."

누군가 말했다. 그날 모임에서 몇번인가 이 말이 튀어나왔다. 무슨 얘길 하다가? 모르겠다. 기억나지 않는다. 누가 그런 걸 일일이 다 기억할까.

친구 커플의 결혼을 축하하는 자리였다. 전날 밤, 뜨문뜨문 연락하고 지내던 동기 녀석이 메씨지를 보냈다.

김혁민 ♡ 이서정

결혼을 앞두고 조촐한 파티를 하니 와서 축하해달라는 단체메씨지였다. 둘이 사귄다는 건 알고 있었지만 느닷없이 결혼이라니…… 꽤 놀라운 소식이었다. 하지만 그 놀라움도 술자리가 시작되자 곧 사라졌다.

시간이 천천히 흘렀다. 모르는 얼굴들이 점점 눈에 띄었다. 몇몇 친구들만 모이는 자리가 아니었던 것이다. 아예 한 층을 통째로 빌린 모양이었다. 하지만 언제나 그렇듯 나는 금방 적응했다. 취해갔고, 결혼을 축하했고, 취직을 축하했다.

"에이, 말도 안돼요."

누군가 말했다.

"진짜야."

"말도 안돼."

저만치에서 들려왔다. 때가 때이니만큼 온통 취업 얘기였다. 듣고 있자니 다들 모든 업계의 동향을 꿰고 있는 것마냥 설레발이다.

"스타벅스가 입점한 게 구십구년이야. 포호아는 구십팔년이고. 다 바보 같은 유학생들 덕분이지."

"그래요?"

"알고나 좀 떠들어라. 스타벅스랑 유학생이랑 무슨 관계가 있다고……"

또 어느 테이블은 생뚱맞게도 날씨 얘기를 하고 있었다.

"올해는 예년에 비해 유난히 비가 많이 올 거래. 계속 이대로 간다면 말이야."

"덥기만 한데?"

"여름만 계속되는 거야. 사계절이 없어지는 거지."

할 얘기가 그렇게 없을까.

"하긴, 어제 뉴스 보니깐 한반도에도 지진이 날지 모른대."

"이게 다 온난화 때문이야."

정말이지 쓰잘머리없는 얘기들이었다. 시간이 천천히 흘렀다.

몇개비째인가 담배를 물었을 때, 어디선가 살랑 바람이 불어왔다. 에어컨 바람은 아니었다. 둘러보니 출입문이 활짝 열려 있었다. 벌써 누가 돌아간 걸까. 들고 난 사람이 누군지도 알 수 없었다. 하기야 이렇게 많은 사람이 모일지도 몰랐으니.

'왜 이까짓 결혼에 놀랐을까.'

나는 문을 닫을 생각도 아니면서 출입문까지 갔다가 아예 밖으로 나섰다. 무심코 한걸음 내디딘 것이었지만, 내친김에 슬슬 걸었다.

후덥지근한 밤이었다. 걷는 동안 조금 비틀거렸다. 애당초 바람 같은 건 불지 않았는지도 모른다. 나는 불붙이지 않은 담배를 입에 문 채 한동안 걷다가 어둑한 골목으로 들어섰다. 이상하게도 불꺼진 방에 들어가듯 자연스러웠다.

골목 한구석에 이미 한 녀석이 자리를 잡고 있었다.

"오랜만이다."

녀석이 먼저 말을 건넸다.

"오랜만."

같은 말로 대꾸하며 나도 지퍼를 내렸다.

"너 말이야, 예전에 술만 먹으면 너랑 서정이랑 사라졌던 거 기억나?"

녀석이 생뚱맞게 물었다.

"내가?"

"기억 안 나?"

굳이 따지자면 나는 혁민이가 아깝다는 쪽이다.

"모르겠는데…… 언젯적 얘기야?"

녀석은 지퍼를 올리며 나를 빤히 바라봤다.

"서정이랑 사귄 게 너 아니었나?"

골목은 조용했다. 이곳에도 바람 따윈 없었다. 나는 라이터를 꺼내 담배에 불을 붙였다. 풀린 눈으로 서로 바라보기만 할 뿐 둘 다 입을 다물고 있으니 괜히 골목마저 더럽게 느껴졌다. 미처 의식하지 못했던 지린내가 바닥에서부터 밀려올라오는 듯했다.

녀석은 넥타이를 벗더니 재킷 주머니에 꾸깃꾸깃 집어넣었다.

"잘 있어라."

아무래도, 오늘은 너무 많은 사람들이 모였다.

"너도."

녀석은 슬슬 술집 반대편으로 걸어갔다.

"벌써 가냐?"

딱히 대답을 기대한 건 아니었지만, 녀석은 대꾸도 없이 태연하게 사라져갔다. 말 그대로 증발하는 것 같았다고 하면 아무래도 좀 과장일까.

녀석의 이름이 뭐였더라, 생각하며 나는 다시 술집으로 돌아갔다. 나는 이미 취해 있었고, 테이블은 여전했다. 주식으로 재미를 본 누군가에 대해 이러쿵저러쿵 말이 많았다.

"걔는 그러니까 풀린 거야. 난 꼬인 거고."

"병신, 그러니까 그때 따라갔어야지. 넌 항상 앞뒤를 너무 재니까 그거밖에 안되는 거야."

그리고 몇개비째인가 담배를 물었을 때,

"오랜만이다."

누군가 내게 말을 걸었다.

"어?"

"어, 나 못 알아봐?"

우리는 서로 이름을 떠올리지 못했다. 그래봐야 몇년이나 지났다고, 이럴 정도까지는 아닌데, 뭔가 이상했다.

"온실효과지. 빙산은 녹고 해수면은 상승하는 거야."

어디서부터 잘못됐을까.

"그래서 혁민이는 어디 살 거래?"

"뉴스 좀 봐라. 집값은 계속 떨어질 거야."

밑도끝도없이 무슨 말인지도 모르고 내뱉는 말들, 하나같이 곧 잊힐 얘기들뿐이었다. 나는 점점 피곤해졌다.

"야, 괜찮은 거야?"

그래도 나는 잘 적응했다. 평소의 나답지 않게 떠들기도 하고 크게 웃기도 했다. 사람들은 하나둘 슬금슬금 사라져갔다.

　집으로 돌아오는 길에 나는 비틀거리며 몇번이나 벽을 짚었다. 그때마다 누군가 나를 부축한 기억이 난다. 집앞 담벼락에 적힌 낙서를 보고 내가 뭐라 뭐라 중얼거린 것도. 알게 모르게 그동안 스트레스가 많았는지도 모른다.
　"말도 안돼."
　몇잔째인가, 누군가 나를 보고 말했다.
　"저 정도 마셨으면 저 새긴 기억도 안 날 거야."
　그 말만 기억난다.

내리막

　'동국대학교'라는 팻말과 경비실 사이를 빠르게 통과했다. 데스크에서 신문을 뒤적이고 있던 경비아저씨와 잠시 눈이 마주쳤지만, 말 그대로 그저 '잠시'였다.
　나는 천천히 언덕을 올랐다. 후문을 통과하자, 왼편으로 대운동장이 보였다. 몇년 전 저곳에서 졸업식이 있었다. 왠지 후련하다. 물론 나는 참석하지 않았지만, 졸업식엔 대체 어떤 놈들이 가는 걸까.
　지금 대운동장에선 한 남자가 농구를 하고 있다. 혼자 드리블을 하고 슛을 하며 땀을 흘리는 남자. 넓은 운동장엔 늘 그렇듯 농구대 몇개 외에는 아무것도 없었다.

'덥지도 않나? 그것도 혼자서.'

땀범벅이 된 남자를 보며 나는 이마의 땀을 훔쳤다. 숙취 때문에 머리가 지끈거렸다. 이른 시간부터 모교 교정이나 거닐고 있다니.

'대낮부터 이게 무슨 꼴이람.'

아침 자취방엔 어젯밤을 같이 보낸 여자애가 자고 있었다. 얼굴을 확인하자, 그녀의 쌀쌀한 목소리부터 떠올랐다. 어젯밤 술자리에서 처음 본 후배였다.

잘 잤어?
앞으로 사회생활 잘하고 담에 또 보자
아, 목마르지? 물은 냉장고에 ^^

쪽지를 남기고 도망치듯 밖으로 나왔다. 학교밖에 달리 생각나는 곳도 없었다. 집도 후문 근처고 어젯밤 모임도 충무로, 여전히 나는 학교 주변이나 맴도는 강아지였다.

물론 학교라고 해서 딱히 갈 곳이 있는 것도 아니었다. 뭐라도 먹는 게 시간이 잘 가지 않을까 싶어 학생식당으로 향했지만, 결국 이 또한 좋은 선택이 아니었다.

'젠장.'

식당 입구에 어젯밤 술자리 멤버들이 삼삼오오 모여 있었다. 나는 머뭇거리지도 않고 발길을 돌렸다.

'그 여자애랑 사라진 걸 알겠지?'

그제야 쪽지는 괜히 남겼다는 생각이 들었다. 분명 유치해 보일 것이다. 별수없다.

나는 다시 후문 쪽으로 내려갔다. 방학중인데도 도서관으로 가는 학생들이 심심찮게 눈에 띄었다. 시원하게 내리막을 걷는 나와 달리 다들 힘겹게 언덕을 오르고 있었다. 그중 추리닝 차림의 여학생 하나가 유독 눈에 띄었다. 등에 짊어진 가방이 언뜻 보기에도 너무 땡땡했기 때문이다. 대학값은 점점 똥값이 되어가는데 등록금은 매년 오르고…… 학교를 다니는 것만도 만만치 않은 일이다.

'9급? 아니면 7급?'

일반적으로 7급은 드물다. 여학생이 9급이면 일반행정 쪽인가? 공무원도 이제 끝물 아닌가? 실없이 이런저런 생각을 하며 그녀와 스쳤다.

대운동장에서는 여전히 남자 혼자 농구를 하고 있었다. 어설프게 드리블을 하며 수비수도 없는 코트를 달리는 남자. 넓은 운동장에서 움직이는 것이라곤 그와 농구공밖에 없었다. 이렇다할 생기도, 시원한 바람도 없었다.

'어?'

어느새 덩크슛을 꽂은 남자가 림에 매달렸다. 주황색 공이 서너 번 공허하게 바닥을 쳤다.

'그나저나…… 일어나면 알아서 가겠지?'

왈왈, 어디선가 개 짖는 소리가 들려왔다.

'……금방 가겠지 뭐.'

매년 반복되는 여름이다. 비라도 왔으면 싶었다.

부코스키

개 몇 마리가 나를 보고 짖었다. 몇몇은 꾸벅꾸벅 졸고 있었다. 땡볕 아래 충무로는 개똥 냄새로 가득했다.

길게 생각할 것 없이 내처 걸었다. 도망치듯 학교를 빠져나온 길이다보니, 근처 식당에 들어가기도 왠지 꺼림칙했다. 애견센터로 가득한 거리를 단숨에 지나 곧 대한극장을 지나쳤다. 영화관 일층 스타벅스의 야외파라솔에는 늘 그렇듯 많은 사람들이 자리를 잡고 앉아 있었다. 흐릿한 얼굴의 타인들. 오랫동안 다닌 학교라 이렇게 근처를 어슬렁대다보면 언제 어디서 아는 사람이 튀어나올지 알수 없다. 흐릿하던 얼굴이 갑자기 익숙한 마스크로 바뀌면서 아는 척을 해오는 식이랄까.

나는 한옥마을로 빠지는 교차로에서 을지로 방향으로 길을 건넜다. 횡단보도를 사이에 두고 차들이 길게 정체되어 있었다. 여기까지 온 김에 옛 스카라극장 뒷골목으로 갈 생각이었다. 그 일대는 맛집들로 유명하다는 곳이었다.

하지만 식당가에 접어들자 거리는 빌딩 틈새까지 정장 차림의 사람들로 바글바글했다. 마침 점심시간인 모양이었다. 주로 근처 직장인들 같은데, 신입사원으로 보이는 치도 간간이 눈에 띄었다. 나는 북적대는 사람들을 피해 몇번이나 모퉁이를 돌며 조금 더, 조금 더 걷기로 했다.

몇번 더 코너를 돌았을 때에야 구석에 있는 작은 식당이 눈에 들어왔다. 점심시간인데도 드물게 손님 하나 없는 썰렁한 식당이었다. 나는 길게 생각할 것 없이 안으로 들어갔다. 이상하게도 불꺼진 방에 들어가듯 자연스러웠다.

그녀들은 텔레비전 앞 테이블에 모여앉아 있었다. 그중 빨간 앞치마를 두른 여자가 주인 같아 보였는데, 다른 두 여자와 수다를 떠느라 내가 들어온 것도 모르는 듯했다. 물 한잔 내다놓지 않고 자기들끼리 수군대느라 정신이 없어 보였다.

"그러니까 부코스킨가 뭔가가 그때……"

"그래서 말이야……"

어차피 급할 것도 없었기에 나는 눈앞의 신문을 집어들었다. 신문엔 취업난에 대한 기획기사가 실려 있었다.

……청년실업이 전세계적 현상이라지만 OECD에 따르면 한국의 청년 취업률(27%)이 다른 회원국(43%)에 비해 턱없이 낮음을 보여준다. 고도경제성장의 과실 아래 어려움 없이 자라 명품가방을 걸치고 브런치

를 즐기며 스타벅스 커피를 마시는, 벌어들이는 것은 없어도 소비만큼
은 다른 세대 부럽지 않은 큰손 역할을 한다던 '신세대'는 모두 어디로
사라진 걸까……

빼곡한 활자 뒤로 그녀들의 수다가 들려왔다. 듣고 있자니, 어떤
남자에 대한 뒷소문이었다.
"그러니까, 그래서 그 양반이……"
"문제는 돈이라니까. 돈은 어쩔 거야?"
"지도 꼴에 남자라고……"
나는 원래 엿듣는 게 특기다. 아니, 엿듣는다기보다 저절로 들린
다는 게 옳겠다. 어젯밤 술자리에서도 쌀쌀한 목소리 하나가 유난
히 튀었던 기억이 난다.
"말도 안돼."
처음 보는 후배였다. 몇 테이블 떨어져 있었던 것 같은데, 또박
또박 얘기가 나한테까지 들려왔다.
"소문이란 게 원래 그렇잖아요? 그래서 그 사람도 처음엔 쉽게
쉽게 넘어가려고 했던 모양인데, 자꾸 거슬리게 빤히 쳐다보니
까……"
그냥 엿들었을 뿐인데, 그랬다고 생각했는데, 어느새 햇살이 눈
부서 눈을 뜨니 내 옆에 그녀가 누워 있었다. 나는 이불을 들쳐봤
다. 작지만 예쁜 가슴이었다.
"잠깐만 있어봐."

한창 수다를 떨던 앞치마가 주방으로 사라지더니 잠시 후 쟁반을 들고 다시 나타났다. 쟁반에는 공깃밥 하나와 서너 개의 밑반찬, 그리고 시뻘건 뭔가가 놓여 있었다. 그녀는 곧장 내게 다가와서는 너무나 태연하게 접시들을 내려놓았다.

　"이게 뭐예요?"

　나는 따지듯 물었다.

　"밥이지 뭐겠어?"

　"무슨 소리예요?"

　내 목소리가 컸는지 두 여자가 흘끔 이쪽을 돌아봤다. 왠지 창피했다.

　"아직 주문도 안 받았잖아요?"

　"우리집은 원래 제육이 맛있어."

　뻘건 음식은 제육볶음이었다. 그녀는 웃으며 수저를 내려놓았다. 나는 마지못한 척 한입 떠넣었다.

　"괜찮지?"

　"네."

　그녀는 내 대답이 만족스러운지 씩 웃고는 두 여자가 있는 테이블로 돌아갔다. 황당하긴 했지만, 나는 식사를 계속했다. 밑반찬이 제법이었다. 명란젓을 넣은 계란찜이 특히 괜찮았다. 언젠가 을지로 일대가 식당이 괜찮다는 얘길 들은 적이 있다. 명동에서 음식을 사먹는 건 욘사마를 보러 온 바보들뿐이라고.

　"그래서 그 양반은 왜 그러는 거래? 바람이 난 건가?"

"모르니까 답답하지."

"근데 암만 봐도, 내가 볼 땐……"

잠깐의 소강상태가 지나고 다시 그녀들의 수다가 이어졌다. 결국 아무 일도 없었던 것이다. 앞치마는 다시는 내 쪽을 돌아보지 않고 두 여자와의 대화에만 열중했다. 어차피 식당엔 더이상 손님도 없었다. 나만이 그녀들의 얘기를 들으며 밥을 먹는 유일한 손님이었다. 신문엔 이렇다할 기사도 없었다.

아마도 저들의 입은 내가 식사를 마칠 때까지 쉬지 않을 것이다. 사실 아줌마들이 떠든다고 해서 딱히 불편했던 건 아니다. 다만 그녀들이 얘기하는 소문이란 게 좀 어처구니없다고 생각했을 뿐이다.

그것은 근처 주민인 듯한 한 남자에 대한 소문이었는데, 남자의 이름 ― 이라기보다는 별명 ― 은 부코스키, 그는 비가 오는 날마다 어디론가 외출한다고 했다.

'비가 오는 날에만 어디 간다니, 그게 무슨 소리야?'

나는 밥과 계란찜을 입에 넣으며 귀를 기울였다. 사실 비가 올 때만 외출한다는 게,

'별로 특이할 것도 없잖아. 그게 뭐 어떻단 거지?'

싱겁다 싶으면서도,

'돈도 안 벌겠다는 거잖아?'

그렇다고 가게 문까지 닫는 건 좀 괴상하다 싶었다. 더구나 듣고 있자니, 그가 어디로 가는지는 아무도 모르는 듯했다. 비오는 날,

비오는 날……

"바람이 났겠지. 왜 예전에도 그런 소문이 있지 않았나?"

"그런 게 아니래."

정말이지 비라도 왔으면 싶었다.

"근데 암만 봐도, 내가 볼 땐……"

나는 계속 얘기를 엿들으며 제육볶음을 비워나갔다. 제육볶음 자체는 맛있다기보다는 단지 매운 자극에 가까웠다. 하지만 나는 공깃밥과 밑반찬까지 모두 해치웠다. 식당에 조금이라도 오래 있기 위해 그랬는지도 모르겠다.

시간이 천천히 흘렀다. 마침내 나는 수저를 내려놓았고, 밥값을 치르기 위해 계산대 앞에 섰다. 여전히 손님 하나 없이 횅한 식당은 출입문조차 열려 있었다. 아마 그냥 나가도 몰랐을 것이다.

"근데 아까 정말 주문 안 받았어?"

내가 지갑을 꺼내자 앞치마가 물었다.

"괜찮아요. 뭐 맛있던데요."

나는 가능한 한 친절하게 대답했다.

"진작 말을 하지."

"아니, 그럼 주문을 해야지, 왜 가만있었어?"

두 여자가 한마디씩 거들었다.

"그러게요."

나는 멋쩍게 웃었다.

"저, 근데……"

내가 목소리를 낮추자, 앞치마가 물끄러미 나를 바라봤다.

"응? 왜?"

"여긴 외상 안돼요."

두 여자가 다시 끼여들었다.

"아니, 그게 아니라…… 그 부코스키라는 남자를 만나려면 어디로 가야 돼요?"

제육볶음

"어디 갔다 와요?"

그녀는 태연하게 물었다. 그게 첫마디였다. 어젯밤 술자리에서 이미 익숙해진 목소리. "말도 안돼"를 자꾸 반복하던 그녀는 여태껏 방에 있었다. 심지어 내 기척에 그제야 막 잠을 깬 것 같았다.

나는 방에 들어서자마자 머리맡의 메모부터 찾았다. 은근히 신경쓰이던 그것을 휴지통에 버리고 나서야 부스스 일어나는 그녀와 마주했다.

"잘 잤어?"

애써 웃으며 내가 말했다.

"어디 갔다 와요?"

"어?"

"어디 갔다 오냐구요."

"……그냥 밥 먹으러."

"뭐 먹었는데요?"

"제육볶음."

"웩, 제육 좋아해요? 그런 사람도 있어요?"

"아니, 그건 아니고…… 원래 나도 제육은 별로야."

그녀는 어기적어기적 자리에서 일어났다. 여전히 알몸이었다. 주섬주섬 옷을 입는 모습이 부끄러워하는 것 같기도 하고 아닌 것 같기도 하고, 알 수 없었다.

'………'

딱히 할말이 없었다. 어젯밤엔 어땠을까? 늘 그렇듯 창문은 활짝 열려 있고, 흰 커튼은 투명해 보일 정도로 환하게 햇빛을 투과시키고 있었다.

'콘돔은 있었으려나……'

조용하지만 여느 때와는 조금 다른 한낮이었다. 어디선가 살살 불어오는 바람에 이따금 커튼이 펄럭거렸다. 이 방엔 에어컨이 없다. 바람이라도 없었더라면 견디기 힘들었을 것이다.

"아, 근데 거기 식당서 말이야……"

"네?"

마침내 침묵을 깬 건 나였다. 그녀가 나를 보고 있었는지 아닌지는 기억나지 않는다.

"그 식당이 좀 웃기더라고."

묘한 어색함 속에서 나는 마치 할말이 있어서 다행이라는 듯 주절주절 떠들기 시작했다. 을지로에서 가장 장사가 안돼 보이는 식당을 찾아갔는데, 한쪽 구석에 어떤 여자 셋이 앉아 있더라고. 이 사람들이 내가 들어갔는데도 아는 체를 않더니……

"아니, 어떻게 시키지도 않은 게 나왔는데 그걸 먹어요?"

한동안 얘기를 듣던 그녀가 대꾸했다. 내색하진 않았지만, 그녀도 나만큼이나 어색하지 않았을까.

"그러게 말이야. 주문하지도 않았는데…… 아줌마들이 하도 정신없이 떠드느라…… 뭐, 사실 나도 별로 신경쓰는 편은 아니지만."

"무슨 얘기였는데요?"

"뭐 대충 어떤 남자에 대한 소문인데, 비오는 날만 되면 어딘가로 외출을 한다나……?"

횡설수설.

그렇게 실없이 꺼낸 얘기가 모든 것의 시작이었다. 그녀의 이름은 평범했고, 왠지 거북이처럼 얄밉게 생긴 얼굴이었다.

"진짜 비만 오면 가게 문도 닫고 어디론가 사라진대. 내가 들은 걸론 그래. 원래는 꽤나 고지식하고 착실한 사람이라는데."

"무슨 가겐데요?"

"후문 근처에서 슈퍼를 하나봐."

제육볶음과 부코스키, 거북이가 뒤섞였다. 없는 얘기도 조금 지어냈던 것 같다. 중요한 건 그녀가 전날 밤의 자초지종 따위엔 관심이 없었다는 점이다.

친구 커플의 결혼, 학교 동기들, 골목에서 함께 비틀거리다가 담 벼락의 낙서를 보고 뭐라 뭐라 깔깔거렸던 그녀와 나. 방바닥에는 여전히 우리 둘의 이불 자국이 남아 있었다.

"자세히 말해봐요."

"뭘?"

"부코스키 말예요. 그거 꽤 재밌는데요?"

해변의 연인

"밥은 어딨어요?"

거북이가 물었다.

"일단 뭐라도 먹어요. 배고픈데."

"……어? 그래."

나는 일어나서 밥솥을 살폈다.

"밥이 있긴 한데, 한 숟갈이나 되려나 모르겠다."

"양은 상관없어요. 난 미식가니까."

막상 냉장고를 뒤져 이것저것 끄집어내니 제법 웬만한 상이 차 려졌다.

"그건 뭐예요?"

"어느 거?"

"그거요. 시퍼런 거."

"이거? 이건 여수에서 온 건데……"

얼마 전 집에서 부쳐준 해초무침이다. 엄마는 이따금 밑반찬을 만들어 보내주곤 했지만, 나는 받는 족족 냉장고에 차곡차곡 쌓아두었다. 이상하게도 반찬통이 쌓여갈수록 집에 연락하는 횟수는 점점 줄어들었다.

"됐어요. 그건 빼도 돼요."

거북이는 스팸 한 조각을 밥에 올려놓고는 먹는 둥 마는 둥 휴대폰을 만지작댔다. 나는 멀거니 보고 있기도 얼쯤해 책상에 앉아 노트북 전원을 켰다. 혹시나 하는 마음에 방 안을 둘러봤지만, 언제나 그렇듯 내 방은 잘 정돈되어 있었다.

'밥이라도 같이 먹을걸.'

침묵은 사라졌지만, 여전히 우리 사이엔 아무것도 놓여 있지 않았다.

"음악이라도 틀까?"

묵묵부답. 나는 얘깃거리로 무난한 게 없나 인터넷을 돌아다녔다. 하지만 딱히 와닿는 소식은 없었다. 필리핀에서 지진이 발생했다는 뉴스가 메인에 있었고 '청와대 앞까지 간 시위대'와 'LPG마저 리터당 1천원시대'라는 헤드라인이 싸이드에 떠 있었다. 실시간 검색어 순위에서는 '박찬호 은퇴'라는 키워드가 상승세였다.

"근데 말이 안되지 않아요?"

"뭐가?"

"봐요. 간단히 얘기하자면, 그러니까 그 식당에서 아줌마들이 얘기한 게 맞다면 말예요, 그 부코스키라는 아저씨가 비오는 날이면 가게 문을 닫고 어딘가로 외출한단 거잖아요. 그것도 매번, 반복적으로."

거북이는 깔끔하게 요약했다.

"근데?"

"비만 오면 슈퍼 문을 닫는다는 게 상식적으로 말이 안되잖아요. 그리고 하필이면 왜 비오는 날일까요? 정말로 그런 사람이 있을 수 있나? 소문만 그런 건 아닐까요?"

나는 창을 닫았다. 어느 섬의 해변 풍경이 배경화면으로 떴다. 아무래도 침묵보다는 대화가 나을 것이다.

"그럴 수도 있지 않나?"

"재밌지 않아요?"

"넌 재밌어?"

"어떤 사연이 있을지도 모르죠. 안 그럼 설명이 안되잖아요."

책상에는 며칠 전 프린트해놓은 이력서가 놓여 있었다. 나는 그것을 어제 받은 청첩장과 함께 이면지를 모아두는 파일함에 치웠다. 그러고 보니 올해도 벌써 절반이나 지났다. 달력에는 아직도 몇몇 날짜에 빨간 표시가 남아 있었다. 지원하려는 기업의 원서접수 마감일이다.

"그냥 그런 사람도 있는 거 아닐까?"

야자수가 있는 해변에서는 이제 막 탐색을 시작한 커플이 생판 모르는 남자에 대해 이야기하고 있었다.

"부코스키라구요."

"그러니까 그게……"

"이름부터 냄새가 나잖아요."

거북이는 새로운 스팸 조각을 밥에 얹었다. 해변에서는 많은 말이 필요하지 않을 것이다. 그냥 웃으면 되지 않을까. 비록 웃기지 않더라도.

그녀가 스팸을 씹으며 다시 휴대폰에 열중하는 사이, 나는 슬렁슬렁 일어나 창가에 섰다. 커튼을 투과한 태양의 잔영이 거무스름하게 아른거렸다. 커튼을 걷자, 땡볕 아래서 혀를 덜렁거리며 돌아다니는 누렁이 한 마리가 보였다. 해변의 연인들 곁에 저 녀석이 있다면 어떨까? 나는 밑도끝도없이 그런 상상을 하다가, 그것도 꽤나 어울리겠다고 혼자 결론을 내렸다. 뭐든 자신이 상상할 수 있는 만큼이 좋은 거 아닐까.

"담에 비가 오면 한번 가봐요. 그 슈퍼에 가보면 뭐라도 있지 않겠어요?"

앞치마는 후문 근처 보장슈퍼에 가면 그 남자를 볼 수 있을 거라고 했다.

"비가 오면?"

"재밌겠죠?"

비오는 날 아침 아홉시.

"그래."

어느새 밥그릇을 비운 거북이는 휴대폰을 던져놓고 욕실로 들어갔다. 이로써 우리에겐 어제에 대해 얘기할 시간이 사라져버린 셈이다.

샤워 소리가 들려오자, 나는 슬쩍 그녀의 휴대폰을 확인해보았다. 메씨지함에도 통화목록에도 아무런 기록이 없었다.

'방금 지운 걸까?'

그때는 분명 나 때문에 그런 것이라고 생각했다. 아무튼 비는 그로부터 며칠 후에야 내렸고, 그제야 우리는 어기적어기적 밖으로 기어나왔다. 무기력과 흰 커튼에 가려진 그곳에서 그녀와 나는 며칠을 거의 틀어박혀 있다시피 했다.

괜찮은 쎅스도 꽤 많았다.

검은 우산

"일어나요."

그날은 덕분에 일찍 일어났다. 우리는 세수도 하지 않은 채 집을 나섰다.

"우산이 꽤 크네요?"

비가 와서 그런지 며칠째 어슬렁거리던 누렁이도 보이지 않았다. 골목 어귀의 전봇대 밑에는 간밤에 누군가 쏟아놓은 토사물이 있었다. 색깔이 피자 같은 게 역겨우면서도 피식 웃음이 났다. 덕분에 잠이 좀 깼다.

걷는 동안 탁탁 거북이의 슬리퍼가 씨멘트 바닥을 쳤다. 잠결이라 그런가 조금 기묘하게도 그 소리만이 현실에 있는 듯했다. 원래 빗소리란 잘 들리지 않는다. 꼬물거리는 그녀의 발가락이 살짝 데친 치즈쏘시지처럼 하얗게 질려 있었다.

"몇시야?"

"아 그만 좀 물어봐요."

혹시나 하는 마음에 우리는 너무 서둘렀던 것이다. 물론 정확히 따지자면 서두른 건 거북이였다. 보장슈퍼라는 이름만 가지고 후문 근처에 흩어져 있는 여러 슈퍼마켓 가운데 한곳을 찾아내는 건 쉽지 않으리라는 것이 그 이유였다. 그때만 해도 나는 이런 장난에 관심이 없었다. 당연히 이 유치한 장난이 어떻게 진행될지도 전혀 감을 잡지 못하고 있었다. 그런데,

"어? 저기잖아, 보장."

그곳은 의외로 쉽게 발견됐다. 후문을 지나 발 닿는 대로 걷다가 마주한 주황색 건물, 별 기대 없이 휘둘러본 간판들 중에 그 이름이 있었다. 지나치게 간단했다. 건물 이삼층엔 목욕탕과 보드게임까페가 있고, 슈퍼마켓과 꽃집이 일층을 차지하고 있었다. 이른 아침인데도 손님이 있는 모양인지 우산 없이 달려가던 한 남자가 건물로 들어갔고, 잠시 후 목욕하러 가는지 작고 투명한 백을 든 여자도 건물 안으로 사라졌다. 허름해 보이는 건물인데 아직은 쓸 만한가

보다, 나는 속으로 생각했다. 반면 보장슈퍼는 파란 셔터가 굳게 내려진 채였다. 평소에도 아홉시나 돼야 문을 연다고 앞치마는 귀띔했었다.

우리는 멀뚱히 셔터를 바라보았다. 하지만 닫힌 가게 앞에서 얼쩡대봤자 소용없는 짓이었다. 우리에게 중요한 것은 왜 하필 비오는 날일까 하는 것, 더 근본적으로는 소문이 사실인지 아닌지 확인하는 것이었으니까.

"항상 아홉시라면서요?"

"응, 정확히 아홉시에 출발한대. 원래 가게 여는 시간이 그렇기도 하고."

그녀는 잠시 생각하더니, 그러잖아도 궁금했다며 물었다.

"그럼 만약 아홉시가 넘어서 비가 오면 어떻게 되는 거예요? 어, 비가 오잖아, 이러면서 부랴부랴 문 닫는 건가? 갑자기 다 내팽개치고?"

"낸들 아냐."

하지만 왠지 간단할 것 같았다.

"그냥 그전에 진작 결정하는 거 아닐까? 직장으로 치면 출근할지 말지 결정할 수 있는 건 당일 아침까지잖아. 그 시간이 지나면 다 포기하고 웬만하면 출근해야지. 그러니까 아홉시가 지나면 뒤늦게 비가 와도 그냥 땡 아닐까?"

"흠……"

내가 말해놓고도 왠지 그럴싸했다.

"근데 참 용케도 물어봤어요. 처음 보는 아줌마들한테."

"그냥 어쩌다보니 그렇게 됐어. 어려울 거야 없잖아?"

"그나저나 이거 시간이 많이 남아서, 뭘 해야 되나······"

거북이는 시간을 확인했다.

"뭘 해? 기다리자며?"

"삼사십분을 그냥 기다려요?"

"안 그럼?"

"집에 갔다 오죠."

"뭐?"

"농담이에요. 놀라는 표정이 꽤 귀엽네요, 그 나이에······"

어쨌든 너무 이른 시간이라 한참을 기다려야 했다. 잠깐 망설인 끝에 우리는 슈퍼마켓 건너편에 있는 전봇대에 자리를 잡았다. 그 곳에 서니 가로수 사이로 그럭저럭 파란 셔터를 볼 수 있었다. 전봇 대는 우리를 감춰줄 보호막이었다.

"근데 굳이 이렇게까지 숨을 필요가 있나?"

"아홉시. 그전엔 죽치고 있어도 안 올 거예요. 룰을 어길 리 없으니까."

"룰?"

"원래 저런 부류의 인간들은 나름의 룰이라는 게 있어요."

우산은 하나였다. 비는 부슬부슬 내렸다. 쌘들을 신고 있던 내 발도 어느새 하얗게 질려 있었다. 나는 툭툭 전봇대를 발로 차며 털리지 않는 빗물을 털어냈다. 전봇대엔 빗물에 젖어 너덜너덜해진 전단지가 여러 장 들러붙어 있고, 발밑에도 찢어진 더러운 전단지가 몇장 떨어져 있었다. 마치 누군가가 토해놓은 피자 위에 서 있는 기분이었다.

시간이 천천히 흘렀다. 어째 조용하다 싶었더니 거북이는 이어폰을 꽂은 채 음악을 듣고 있었다.

'젠장.'

그녀는 무슨 노랜지 흥얼거리며 까딱까딱 고갯짓을 했다. 내게는 일정하게 반복되는 베이스와 드럼 소리만이 희미하게 들려왔다. 나는 괜히 잠잠한 휴대폰을 확인하다가 찢어진 전단지를 읽다가 하며 시간을 때웠다. 잠이 부족했는지 연거푸 하품이 나왔다.

그렇게 지루해하던 어느 순간, 전봇대에 적힌 낙서 하나가 눈에 띄었다.

ILL MATIC
ASSSS OUT

빨간 매직으로 대충 휘갈긴 글씨였다. 흔해빠진 낙서가 눈에 들어온 건 언뜻 보기에도 전혀 어울리지 않는 단어들이었기 때문이다. 단지 지루했기 때문은 아니었다. 단어로만 보면 ill matic과 ass out이긴 한데……

"저게 무슨 뜻이지?"

거북이한테 물어봤지만, 음악 때문에 안 들리는 건지 못 들은 척

하는 건지 그녀는 얄밉게 리듬을 타듯 고개만 까딱거렸다. 추레하
지만 유쾌한 호기심. 싸우나처럼 나른해지는 빗속이었다.

금일휴업

앞치마의 제보와 거북이의 예상대로 보장슈퍼는 정확히 제시간
에 문을 열었다. 시간감각이 있다고 할까. 아홉시 정각이 되자 한
남자가 셔터를 올리며 모습을 드러냈다. 출입문이 그곳밖에 없는
지 — 부코스키가 가게에 거주한다는 걸 쉽게 알 수 있었다 — 그는
자신의 몸만 빼낸 뒤 다시 셔터를 내렸다.

우리는 전봇대에 몸을 숨긴 채 원숭이 구경하듯 그를 관찰했다.
백칠십이 조금 넘는 키에 비교적 마른 몸, 조금 누런 얼굴에 안경은
쓰지 않았다. 여름인데도 군청색 재킷을 걸치고 있었고 마른 몸에
비하면 배가 나온 것 같았다.

그런 사십대 후반의 남자, 그는 가게를 등진 채 검은 우산을 폈다.

"매우 평범함."

거북이가 한마디로 정리했다.

남자는 우산을 든 채 셔터에 메모를 붙였다. A4용지에 빨간 매
직으로 '금일휴업'이라고 씌어 있었다.

사실 별로 특이할 것도 없었다. 너무 평범해서 오히려 평범한 사

람을 관찰하고 있는 우리가 제정신이 아닌 것처럼 느껴졌다.

"진짜 존재하는구나."

거북이가 중얼거렸다. 그녀의 말대로 진짜 존재한다는 게 신기하기도 했다. 용케도 잘 찾아낸 셈인가? 부코스키는 뭐가 묻었는지 바지를 탁탁 털었고, 잠시 하늘을 올려다봤다. 그러고는 곧 걷기 시작했다.

"가요."

드디어 시작인가? 우리는 부코스키를 따라 그 자리를 떴다. 들키지 않도록 주의하면서 나름 민첩하게 길을 건넜다. 쉽게 거리를 좁혔고, 이내 그의 뒤에 따라붙을 수 있었다. 뒷모습이나마 좀더 가까이서 볼 수 있게 되자 괜히 반갑기까지 했다.

그는 검은 우산을 펴든 채 애견쎈터가 늘어선 충무로를 걸었다. 비가 오는데도 애견쎈터의 개들은 여전히 졸고 있었다. 늘 밖에 나와 있던 큰 개도 오늘은 출입문 근처에 엎어져 있었다. 부코스키와 우리는 나란히 녀석을 지나쳤다.

마침내 충무로역에 이르자, 그는 우산을 접었다. 역시 지하철을 타려는 모양이라고 생각했다. 하지만 뜻밖에도 거북이는 그곳에서 걸음을 멈추었다.

그러고는 한다는 말이,

"오늘은 그만 가죠."

"뭐?"

그사이 부코스키는 코앞에서 유유히 사라져갔다.

"이게 뭐야?"

"확인했으니까 됐어요."

"계속 따라가보는 거 아녔어?"

나는 지하철역을 가리켰다.

"오버하지 마요."

거북이는 주섬주섬 엠피쓰리를 꺼내들었다.

"오늘은 이만하면 됐어요."

그렇게 이상할 정도로 미련없이 그녀는 등을 돌렸다. 어처구니가 없긴 했지만,

"좋을 대로 해."

우리는 충무로역을 뒤로한 채 왔던 길을 되돌아 걷기 시작했다. 쉽게 돌아서는 이유가 궁금하긴 했지만, 나는 굳이 묻지 않았다. 어차피 장난일 뿐이다.

거북이의 이어폰에서 다시 음악이 새어나왔다. 그리고 잠시 후 아까 잠복했던 전봇대에 이르렀을 때, 역시 그게 다가 아니었던 모양인지,

"난 잠깐 슈퍼에 들렀다 갈게요."

그녀는 짧게 윙크했다.

"닫았잖아. 저긴 왜?"

"걸리는 게 있어요. 기왕 나온 김에 확인하려고요."

"같이 갈까?"

"됐어요. 먼저 가요."

"좋을 대로 해. ……아, 이건 가져가."

나는 우산을 건넸다. 어차피 맞아도 될 만한 비였다.

"고마워요."

거북이는 주위를 살피며 길을 건넜다. 그리고 잠시 가게 앞을 서성대는 것 같더니, 문득 생각났다는 듯 나를 돌아봤다.

"아, 이따가 마트나 가요."

"비라도 그치면 가지 뭐."

"여기 마트 있죠? 이마트나 홈플러스처럼 큰 데."

"그건 왜?"

"있긴 있어요?"

이마트라면 족히 이십분은 가야 했다. 나는 그 이야기를 더 하려고 했지만, 이미 그녀는 허름한 건물 속으로 사라진 뒤였다.

조용한 비였다. 담배를 피울까도 했지만, 비 때문에 꼴이 추레할 것 같아 그만두었다. 대신 불과 몇분 전까지 뒤를 밟았던 부코스키의 모습을 떠올렸다. 그다지 인상적일 것도 없었지만, 그건 그를 본 시간이 지나치게 짧은 탓이기도 했다. 충무로역까지 가는 데 채 오분도 걸리지 않았던 것이다. 그마저도 내내 유난히 큰 우산에 가린 그의 뒷모습만 보았을 뿐이다.

'이게 무슨 짓인지……'

어느새 나는 집앞 골목에 다다랐다. 하지만 걸음이 멈춘 건 집을 오십 미터 남짓 앞둔 곳이었다. 그곳 담벼락에 이런 낙서가 적혀 있었다.

ILL MATIC ♡
ASSSS OUTTT

'비슷하잖아? 아니, 똑같나?'

어떤 놈이 여기저기 똑같은 낙서를 한 걸까? 분명 같은 놈의 짓 같아 보였다. ill matic과 ass out, 쉬운 듯 아리송한 단어였다. 저게 무슨 뜻일까? 아무래도 언제 인터넷을 찾아봐야겠다 싶었다.

부코스키? 실제로 존재하는 소문 속의 남자? 이른 아침부터 나온 걸 생각하면, 아무래도 좀 시시했다.

백주의 대낮에

어디??

거북이의 메씨지였다. 이제야 일어난 모양이었다.

나는 면접장으로 지정된 회의실 앞 복도에 앉아 있었다. 주변엔 다른 대기자들이 나란히 앉아 나만큼이나 한가하게 휴대폰을 딸깍거리고 있었다. 개중엔 거슬릴 정도로 시끄럽게 통화중인 놈도 있었다.

오늘 면접!!

  메씨지를 보내고 삼사분 정도 기다렸지만, 그녀에게선 답장이 오지 않았다. 전화를 해볼까도 했지만, 순서가 거의 된 것 같아 그만두었다. 영어교재를 개발하는 출판사인데, 내가 알기론 인지도가 많이 떨어지는 곳이었다. 이런 곳은 대개 면접이 길지 않다. 끝나고 전화해도 늦지 않을 것 같았다.

  잠시 후 내 번호가 불렸고, 나는 같이 호명된 몇몇과 함께 회의실로 들어갔다. 빈 의자가 몇개 눈에 띄었다. 언젠가 본 통계에 따르면, 서류합격자가 면접 당일 나타나지 않는 이유로 가장 많은 것이 '단순 변심'이라고 한다. 이마트에서의 반품 사유와 같았다.

  "빈자리는 그대로 두시고요. 번호대로 앉으시면 됩니다."

  예상대로 분위기는 그다지 까다롭지 않았다. 나와 같은 조에 편성된 놈들도 하나같이 시원찮아 보였다. 뻔한 질문에도 대답을 우물거리는데다 외모나 행색마저 별로였다. 혹시나 합격이 되더라도 취소해야겠다는 생각이 들었다.

  상대적인 우월감 때문일까, 면접 내내 기분이 괜찮았다. 회의실을 나오면서 이 정도면 나쁘지 않았다고 자평할 정도였다. 하지만 경험적으로 이런 회사는 합격하는 게 불합격하는 것보다 더 찝찝하다.

  건물을 빠져나온 나는 우선 담배부터 물었다. 태양이 뜨거운 날이었다. 나는 담배에 불을 붙인 채 슬슬 걸었고, 곧 건널목에 이르렀다. 하지만 신호가 깜박거림에도 나는 길을 건너지 않았다. 출판사는 아현역 근처였지만 이미 두 블록 이상 걸은 뒤였다. 나는 멈춰선 채 새 담배를 꺼내물었다. 기왕 나온 김에 누구라도 불러낼까 싶었지만, 아무래도 그냥 집에 가는 게 나을 듯했다. 전부터 벼르던 회사도 아닌데다 괜히 공친 것 같아 기분이 찝찝했지만, 정 개운치 않으면 이따 다시 나오면 그만일 것 같았다.

밥 먼저 먹어요^^ 난 약속 있어서 나가요~

거북이의 메씨지는 면접중에야 도착했다. 거북이도 나름 바쁜 듯했다. 하긴 추워지기 전에 미리미리 준비해둬야지, 졸업해버리고 나면 시간이 빨리 가기 시작할 테니까.

나른한 기분으로 정처없이 걷다보니 충정로역이 나타났다. 나는 그곳에서 5호선을 타고, 동대문운동장에서 4호선으로 갈아타고, 금세 충무로에 도착했다.

동네 입구에 들어설 즈음 노점상 하나가 눈에 띄었다. 간혹 오가다 보긴 했지만 들른 적은 없는 곳이었다. 그러고 보니 이 집에 손님이 있는 걸 본 적이 있나 싶었다. 안으로 들어서니 역시나 빨간 앞치마를 두른 주인남자뿐이었다. 그는 손님 따윈 관심없다는 듯 느긋하게 앉아 책을 읽고 있었다. 일본어 교재 같았다.

"순대 일인분만 주세요."

듣긴 들었는지 남자는 책을 덮었다.

"호까노 이로와 아리마셍까……"

그는 이상한 발음으로 일어를 중얼대며 순대를 썰기 시작했다. 달랑 한 대 있는 선풍기가 천천히 회전하고 있었다. 미지근한 바람이 이따금 내게 닿았다.

"오히야 쿠다사이……"

남자 옆에는 개 한 마리가 엎어져 있었다. 하품을 하며 꿈틀대는 것을 보고서야 나는 녀석이 살아 있다는 걸 알았다. 좋게 말해, 순해 보였다.

남자는 순대 한 접시를 툭 건네고는 다시 책을 펼쳤다. 집에 가져가서 먹을걸, 나는 이미 후회하고 있었다.

"헤야니 카기오 오끼와스레마시따……"

얼른 먹고 가야겠다는 생각으로 허겁지겁 접시를 비워나갔지만, 절반 이상은 먹을 수가 없었다.

우선 너무 더웠고,

"혼자 사시나봐요? 옷 보니까."

어느 순간 남자가 입을 열었기 때문이다.

"옷이 왜요?"

나는 면접 때문에 정장을 입고 있었다.

"애인 없죠? 휴대폰 한번 안 쳐다보던데."

"아닌데…… 있어요."

"네?"

그는 자못 놀라는 투였다.

"와, 재밌는데요?"

왠지 기분나쁜 반응에 나는 쓸데없는 말까지 해버렸다.

"지금 같이 사는데요 뭐."

아무러면 어떠랴. 다시 볼 사람도 아니지 않나 싶었다.

"보기와는 다르네요."

남자는 다시 기분나쁘게 킥킥거렸다. 그래도 말을 가려 해야 하
는 친구보다 오히려 이런 사람이 편할 때가 있다. 나이를 먹자 친구
들은 하나같이 감시자가 되어버렸다. 괜히 친구들의 입에 오르내
리느니 알아서 입조심을 하는 게 나았다.

"여자라면 저도……"

그렇게, 우연찮게 이 알지도 못하는 남자에게 거북이 얘기를 하
게 되었다. 그는 일본어 공부를 하는 둥 마는 둥 책을 펄럭거리면서
도 묵묵히 내 얘기를 들어주었다. 삼사분 만에 그동안 그녀와 있었
던 일들이 하나하나 정리되었다. 순대는 반쯤 남은 그대로였다.

"그래서 한번 한 뒤로 집에서 안 나간다, 그런 건가요? 그게 말
이 되나."

남자는 여전히 실실거리며 말했다.

"뭐 그렇게 됐어요."

"에이, 아무러면……"

그는 내가 남긴 순대를 물끄러미 보다가 목이 마른지 어묵국물

을 떠먹었다. 남이 뜨거운 걸 먹는 모습을 보는 것만으로도 괜히 짜증이 났다. 나는 땀을 훔치며 생수통에 든 얼음물을 한 모금 삼켰다. 남자 역시 이마에 땀이 송골송골 맺혀 있었다.

"그게 말이 되나요."

그는 회전하던 선풍기를 자기 쪽으로 고정했다.

"저도 원래 누구랑 같이 사는 거 불편하게 생각해요. 커플요금제 같은 것도 짜증내는 편이고……"

"연애란 게 그렇죠 뭐. 맘대로 되나."

나는 화제를 돌리기로 했다.

"근데 일어는 왜……"

그때 왈왈, 늘어져 있던 개가 짖는 둥 마는 둥 힘없이 일어났다. 한 여학생이 천막 안으로 들어섰기 때문이다. 아까는 나를 보고도 계속 엎어져 있던 녀석이었다.

"빨리 주세요."

여학생은 떡볶이 한 접시를 주문했다.

"그렇죠. 더워도 제맛을 느끼려면 뜨겁게 먹어야죠. 미식가라면."

남자가 시원찮은 농담을 뱉었고, 그녀는 대꾸하지 않았다. 그는 무안했는지 떡볶이를 건네고는 다시 내 쪽으로 다가왔다. 왠지 여학생에게 밀리는 기분이었다.

"그래서, 같이 지내는 건 어때요?"

우리는 다시 거북이 얘기로 돌아갔다. 어쩌다보니 — 어쩌면 당연하게도—얘기는 부코스키까지 이어졌다. 어쩔 수 없이 그들은 한묶음이다.

"처음엔 비오는 날에만 외출하는 남자의 소문이 전부였어요. 그래서 그냥 재미로 한번 확인해보자 그런 거였는데, 지난번에 마침 비가 오길래……"

나는 주저리주저리 떠들었다. 여학생은 우리 대화엔 신경쓰지 않는 듯 떡볶이만 오물거렸다. 아니, 다시 보니 아예 이어폰을 꽂고 있었다.

"그래 그 아저씨는 왜 그러는 거 같습디까?"

남자가 비아냥거리는 투로 물었다.

"글쎄요, 솔직히 전 특별한 이유가 있을 거라고는 생각 안해요. 그 사람이 존재하긴 한다는 거지, 정확히 확인된 것도 아니고. 일단 거북이랑 얘기하기론 그냥 비가 좋아서 그런 게 아니겠냐 싶어요. 아무래도 현실적으로 그게 말이 되니까."

"현실적?"

"네, 괜히 비오는 거 좋아하는 사람 있잖아요? 별 미친놈들이 많죠."

"그렇죠."

그는 잠시 생각하는 체하더니 중얼거렸다.

"아무래도 현실적인 게 중요하죠."

그때 음악에 맞춰 손을 까딱거리던 여학생이 실수로 그만 치마에 떡볶이를 떨어뜨렸다. 남자와 나는 그 꼴을 빤히 보면서도 모른 척 잠자코 있었다. 그녀는 젓가락으로 떡볶이를 주워보려다가 오히려 다리 사이로 빠뜨리는 바람에 의자까지 더럽혔다.

"아씨."

그녀는 한마디 툭 뱉고는, 뻘겋게 지저분해진 의자를 피해 옆자리로 옮겼다. 어쨌거나 우리와는 조금 더 가까워진 셈이었다.

"중요한 건요, 부코스키를 쫓게 된 게 순전히 거북이 때문이라는 거예요. 솔직히 걔가 아니었다면 내가 그런 짓을 할 이유가 없잖아요? 이런 말 하는 것도 웃기지만, 전 지극히 상식적인 사람이거든요."

나는 담배를 꺼내며 바닥에 침을 뱉었다.

"한가한 분이네. 뉴스 같은 거 안 봐요?"

남자가 물었다.

"지금도 면접 보고 오는 길이에요."

"하긴 뭐 요즘은 사정이 워낙 구려서……"

"네."

"전 내후년쯤에 일본에 가려고요."

"……네?"

"원래 대학 다닐 때 호텔경영을 전공했어요. 근데 그게 하도 어렸을 때 선택한 거라 그런지, 생각이란 게 자꾸 변하더라고요."

"아, 네."

그때부터 남자는 기다렸다는 듯 자기 얘기를 쏟아내기 시작했다. 올초까진 그럭저럭 괜찮은 회사에 다니고 있었다는, 이 일이 소박하고 마음에 들지만 지금과는 다른 미래를 계획하고 있다는, 그 저 그런 스토리였다.

그사이 여학생은 선풍기를 자기 쪽으로 고정했다. 나는 땀을 훔 치며 담배에 불을 붙였다. 홀끗 보니, 언제 그랬는지 그녀의 접시는 깨끗하게 비워져 있었다.

"백주의 대낮에,라고 알아요?"

"네?"

"어떤 만화에 그런 말이 나오더라고요. 진실이 밝혀지는 것만으 로는 부족하다. 진실은 백주의 대낮에 모두의 앞에 드러나야 한다. 그것만이 진정한 엔딩이다."

"……?"

여학생의 머리카락이 살랑 바람에 날렸다.

"그 아저씨 말예요, 뭔가 비밀이 있겠죠."

남자는 다시 킥킥거렸고, 나는 떨떠름하게 대꾸했다.

"되게 거창하네요."

그녀는 떡볶이를 다 비우고도 자리를 뜨지 않았다. 선풍기 바람 을 즐기고 있던 건지도 모르겠다. 여전히 이어폰을 꽂은 채 천막 틈 으로 밖을 내다보고 있었다. 아스팔트 위로 한여름의 아지랑이가 선명하게 아른거렸다. 더위도 즐길 수 있는 사람이 있을까?

나는 마지막 연기를 뿜고는 담배를 바닥에 비벼껐다. 죽어가던 개 가 길게 하품했다. 누구 말마따나 올여름은 유난히 길게 느껴졌다.

"비가 온 게 언제였죠?"

"며칠 됐죠."

거기까지였다. 어차피 실없는 대화였지만, 그 이상은 이어지지
않았다. 갑자기 여학생이 밖으로 나가버린 것이다. 아지랑이가 피
어오르는 도로 위로, 그녀는 힘차게 내달렸다.

"……이런."

잠시 멀뚱히 있던 남자도 허둥지둥 그녀를 쫓아 달렸다. 하지만
이미 늦은 듯했다. 늙은 개와 나는 싱글거리며 시야에서 멀어져가
는 그들을 바라보았다. 문득 고개를 빼고 있는 녀석에게 동질감이
들어 순대를 한 조각 내밀었지만, 녀석은 못 본 척 눈을 깔았다.

'더럽게 덥네.'

잠시 후 끓는 듯한 아스팔트 위로 터벅터벅 걸어오는 남자가 보
였다. 화가 났는지, 아까와는 달리 안으로 들어서서도 아무 말이 없
었다. 왈왈, 멍청한 개만이 그를 반겼다. 그는 조용히 휴지를 뜯어
떡볶이가 떨어졌던 의자를 쓱쓱 닦기 시작했다.

"할일 없으면 뭐라도 해요."

"네?"

"쓸데없는 짓 하지 말고요. 그래도 밥벌이는 해야죠."

"아, 네."

남자는 내 쪽을 보지도 않았다.

"요샌 많이 뽑지도 않는다지만, 다 핑계죠."

"네."

나는 서둘러 계산을 했다.

"그럼 수고하세요."

시곗바늘도 느릿느릿한 오후였다. 좀 있으면 저녁일 텐데도 태양은 여전히 뜨거웠다. 골목길 벽에 씌어진 ill matic과 ass out이라는 낙서도 여전했다. 며칠째 아무도 지우지 않은 모양이었다. 그러고 보니 뜻을 찾아본다는 걸 까맣게 잊고 있었다.

"저기……"

낙서를 지나치고 모퉁이를 도는데, 누군가 뒤에서 나를 불렀다. 돌아보니 젊은 남자가 서 있었다. 언제부터 그가 내 뒤에 있었는지 알 수 없었다.

"불 좀 있어요?"

그가 어슬렁어슬렁 다가오며 물었고, 나는 라이터를 내밀었다. 이왕 꺼낸 김에 내 담배에도 불을 붙였다.

"수고하세요."

뭘 수고하라는 건지 알 길 없이, 남자는 왔던 길로 돌아갔다. 뭐야, 백수인가? 나는 대수롭지 않게 넘기고 다시 터벅터벅 걷기 시작했다. 골목길 담벼락에 있는 낙서들을 유심히 살펴보니, 과연 사랑이 최고라는 건지, 누가 누굴 좋아한다는 식의 ♥가 유난히 많았다.

'아휴……'

먹다 만 순대 때문인지 주인남자랑 떠들어서인지, 빈속인 것마냥 출출했다. 분명 문제가 있기는 했다. 나는 서류심사는 곧잘 통과하지만, 유독 면접에 약했다.

무지개

이른 시각인데 벌써 어딘가 나간 모양이었다. 일찍 눈이 떠졌다 싶었는데, 그녀는 이미 보이지 않았다. 나는 우유를 꺼내 유통기한을 확인한 다음, 한 컵 따라 마시고는 곧장 화장실로 향했다. 많은 사람이 그렇다는데, 나 역시 빈속에 우유를 먹으면 바로 신호가 왔다. 그래서 잠결에 용변을 보는 게 상쾌하다고 믿는 나는 될 수 있으면 일어나자마자 우유를 마시는 습관이 있었다.

화장실에서 나온 나는 으레 의자에 걸려 있는 수건에 손을 닦았다. 그리고 문득 그것이 처음 보는 수건이라는 걸 깨달았다. 그러잖아도 요즘 방 여기저기에 낯선 책과 쿠션, 머그컵 따위가 심심찮게 눈에 띄었다. 물론 말할 것도 없이 거북이의 짓이었다.

나는 만날 하던 대로 노트북을 켜고 담배를 문 채 네이버 뉴스를 훑었다. 하나의 예외도 없이 모두 쓸데없는 소식들뿐이었지만, 일일이 클릭하는 사이 수십분이 후딱 지나갔다. 대충 눈요기를 끝낸 다음에는 잡코리아에 들러 지원해볼 만한 공고가 있나 찾아보았다.

신입채용. 경영학 전공 우대
경력직. 동종업계 3년 이상
신입. TOEIC 850점 이상

한참을 그러고서야 깨달았다. 나도 둔한 걸까? 커튼을 젖히자 검은 우산을 쓴 누군가가 골목을 내려가는 게 보였다.

'다른 건 몰라도 내가 귀 하나는 좋은데······'

언젠가 엄마가 자기를 닮아 그렇다고 말한 적이 있다. 그래서 말수가 적고 남의 얘길 잘 엿듣는다고. 하지만 빗소리란 의외로 조용한 데가 있다.

'그런가?'

그러고 보면, 미친 듯이 더운 날이 계속되던 며칠 동안 나는 잠시 부코스키를 잊고 있었다. 아침부터 비가 온다. 그는 어디론가 외출했고, 거북이 역시 어디론가 외출했다. 나는 잠시 휴대폰을 만지작대다 내려놓고는 다시 마우스를 쥐었다. 방문 쪽을 슬쩍 보니, 내 우산이 사라져 있었다.

수많은 구직공고 중에서 그날 걸려든 것은 지역신문사와 백화점 관리사무직이었다. 나는 몇번의 시행착오 끝에 작년 공채 합격자의 자기소개서 파일을 찾아냈다. 그러고는 그것들을 복사한 뒤 내 이력에 맞춰 짜깁기를 시작했다.

'취미는 여행, 특기는 없음, 그리고······'

나는 느긋하게 정보들 사이를 돌아다녔다. 커튼은 여전히 젖혀진 채였다. 이런저런 작업을 하는 동안 계속 비가 내렸고, 그럭저럭한 시간 만에 신문사와 백화점에 낼 새 이력서와 자기소개서 한 부씩을 완성했다. 나는 자기소개서를 몇번 더 읽어보면서 문장을 다듬은 뒤, 온라인지원을 클릭해 서류들을 밀어넣었다. 끝으로 서류전형 발표일을 달력에 체크했고, 다시 네이버로 돌아가 그새 새로운 뉴스가 뜬 게 없나 마우스를 놀렸다. 불행인지 다행인지 여전히 쓸데없는 소식들뿐이었다.

비는 오후 늦게야 그쳤다. 나는 한결 깨끗해진 골목을 내다보며 담배를 피웠다. 갠 하늘엔 멀리 UFO 한 대가 떠 있었다. 이미 몇번이나 휴대폰을 확인한 뒤였다. 거북이에게선 오후 내내 연락이 없었다.

'비오는 날엔 부침개……'

잠시 후, 나는 꽁초를 옆집으로 던지고 지갑을 챙겼다. 아직 출출할 때는 아니었지만, 이런 날에 어울리는 저녁거리가 필요할 것 같았다.

별로 급할 것도 없었기에, 편의점으로 가는 가장 먼 길을 택했다. 동네 가운데 있는 놀이터를 빙 둘러가는 길이었다.

나는 막 비가 그친 길을 걸으며 별 이유 없이 어린시절을 떠올렸다. 어쩌면 언덕 너머로 언뜻 무지개를 봤기 때문인지도 모른다. 그렇게 얼마쯤 걸었을까, 우연찮게 발길이 멈춘 것도 아이들의 괴성 때문이었다. 소리는 놀이터 미끄럼틀 근처에서 들려왔다. 그곳에 일고여덟 명의 아이들이 모여 알 수 없는 놀이를 하고 있었다.

'저것들은 비가 그치자마자 나왔나?'

나는 아이들을 보며 놀이터로 들어갔다. 그리고 미끄럼틀에서 조금 떨어진 곳에 있는 그네에 앉았다. 그네는 빗물에 젖어 있었지만, 찝찝하기보다 오히려 시원했다. 미끄럼틀을 빙 둘러싼 아이들은 이상한 구호를 외치며 서로 쫓고 쫓기기를 반복하고 있었다. 기묘한 느낌이 드는 게 왠지 섬뜩하기까지 했다.

'애들 노는 냄새······.'

나는 그네를 흔들며 연달아 담배 두 개비를 피웠다. 그러고는 발끝으로 땅을 파내 조그만 구덩이를 만든 다음, 방금 버린 꽁초 두 개를 살살 파묻었다. 모래는 비 때문인지 차지게 개어져 있었다.

그렇게 하릴없이 시간을 보내던 중이었다. 놀이터 구석에 있는 아이 하나가 문득 눈에 띄었다. 녀석은 모래 위에다 무언가 낙서를 하고 있었다. 아까는 왜 보지 못했을까? 혼혈인 듯 드물게 검은 얼굴이었다. 나는 슬금슬금 녀석에게 다가가 낙서를 훔쳐봤다.

민호 바 보
민호 병신

아이는 민호란 놈이 많이도 싫은 모양이었다.

"야."

내가 부르자, 녀석은 큰 눈을 끔벅이며 나를 위아래로 훑었다.

"대답 안해?"

"······네."

아이들은 언제나 어른들의 밥이다.

"민호가 누군데?"

"전데요?"

그러고 보니 녀석은 미끄럼틀 근처의 아이들과 같은 또래로 보였다. 왕따 같은 건가? 딱히 해줄 말이 떠오르지 않았다. 별수없다.

"너 저거 봤어?"

갠 하늘엔 여전히 UFO가 떠다니고 있었다. 하지만 민호는 시큰둥했다. 잠깐 올려다보는 것 같더니 다시 쪼그려앉은 채 낙서에 집중했다. 그까짓 누구 바보 따윌 적는 데 뭐 그리 오래 걸리나 싶었는데, 자세히 보니 그것은 일반적인 글자가 아니었다. 글자들은 촘촘히 찍은 수많은 점들로 이루어져 있었다. 녀석은 마치 그림을 그리듯 공들여 그것을 다듬고 있었던 것이다.

우습다기보다 섬뜩해진 나는 아무 말 없이 그네로 돌아왔다. 그리고 나뭇가지를 하나 주워 아까 꽁초를 묻은 구덩이에 다음과 같이 표시했다.

THIS PLUS 2ND

해가 지고 조금 어둑해지자 아이들은 하나둘 사라지기 시작했다. 결국 놀이터에는 나만 혼자 덩그러니 남았다. 저 멀리 하나둘 퇴근하는 사람들이 보이기 시작했다.

'어린 게……'

나는 새 담배를 입에 물며 민호가 그린 낙서로 다가갔다. 그리고 발끝으로 쓱쓱 '바보'와 '병신' 부분을 지운 뒤, 그 자리에 '최고'

'짱'이라고 써넣었다.

민 호 최 고

민 호 짱

하지만 왠지 어색했다. 다시 원래대로 고칠 수밖에 없었다.

민 호 바 보

민 호 병 신

민호가 그린 것과는 달리 대충 휘갈긴 글씨였다. 나는 내가 쓴 낙서를 한동안 바라보았다. 밤이 지나면 자연스레 없어지지 않을까 싶었다.

시간이 천천히 흘렀다. 어느새 발밑의 꽁초는 다섯 개로 늘어났다. 내가 새로운 구덩이에 꽁초를 묻고 'THIS PLUS 5TH'라고 표시했을 때에야, 골목 어귀에 검은 우산을 든 거북이가 나타났다.

반가운 듯 그녀가 먼저 웃었다.

"오호, 거기서 뭐 해요?"

"그냥, 편의점."

비가 그친 지도 어느새 두 시간 남짓 지난 때였다. 그녀는 미행을 끝내자마자 곧장 집으로 온 걸까?

파란 작업복

그날 아침 아홉시, 거북이는 보장슈퍼 건너편에서 부코스키를 기다리고 있었다. 정확하게 몇시부터 기다렸는지, 비가 얼마나 왔고, 기다리는 동안 무엇을 했는지에 대해서는 따로 언급하지 않았다. 어쨌든 지난번처럼 그는 아홉시 정각에 나타났고, 그때부터 그녀는 본격적인 미행을 시작했다고 했다.

처음엔 마냥 걸었다. 그런데 지난번에 충무로역으로 갔던 것과는 시작부터 길이 달랐다. 그는 중구청 방향으로 길을 건넜고, 오토바이 도매상이 늘어선 어느 음침한, 휘발유 냄새가 진동하는 거리를 지나 을지로를 통과했다.

"거기 알죠? 그 길로 쭉."

결국 그날 부코스키가 간 곳은 종로였다. 도중에 청계로 여기저기 공사장이 눈에 띄어서,

'딴데 일하러 가나?'

얼토당토않은 상상을 해보기도 했지만, 그는 엄연히 자영업자이니 애초에 그럴 리는 없었다. 하지만 차라리 그게 나았을 거라고 그녀는 툴툴댔다. 종로3가에 이른 뒤 부코스키가 본격적으로 이리저리 거리를 쑤시고 다녔기 때문이다. 어느정도는 이미 각오한 일이었다고 했다. 그는 길을 모르는 관광객처럼 우왕좌왕 헤맸고, 우물쭈물 머뭇거리며 종로 일대를 돌아다녔다.

거북이는 그가 어디 어디를 지났는지 정확하게 순서대로 기억해 두었다고 했다. 예를 들면 청계천을 건넌 뒤에 씨네코아를 지났고, 파고다학원 쪽 길을 따라 종로3가역으로 갔다는 식이었다. 또한 낙원상가를 거친 뒤에 피맛골 뒷골목으로 들어갔다는 식. 하지만 어찌됐건 종합하자면 그는 여러 곳을 빙빙 돌며 결국 대부분의 시간을 종로 일대에서 허비한 셈이었다. 그런 식이라면 그녀가 말하는 '순서'란 무의미해 보였다.

더구나 끝끝내 도착한 곳은 더욱 무의미했다. 부코스키는 몇시간을 돌고 돌아 서울극장 뒷골목에 이르렀던 것이다. 사실 아무리 돌아다녔어도 결국 종로였다는 점에서 어디 어디를 거쳤느냐는 그리 중요해 보이지 않았다.

"중요한 건 여기부터예요."

어쨌든 그때부터 부코스키는 구불구불한 골목길을 걸었다고 했다. 시간이 얼마나 지났는지 모를 정도로 길은 생각보다 길었고, 그마저도 점점 좁아져갔다.

"거의 이 정도 통로만하게……"

우리가 이마트의 과자 및 라면 코너를 지날 때, 그녀는 양쪽으로 손을 뻗어 보였다.

"상상이 가요? 얼마나 짜증났을지."

거북이는 무엇보다 골목이 더러웠다는 걸 강조했다. 희뿌연 씨멘트벽에 덕지덕지 붙은 각종 전단지와 여기저기 쌓인 검은 쓰레기봉지, 그리고 어디선가 갑자기 튀어나올 것 같은 고양이들 때문이었다. 가뜩이나 길이 좁아 우산마저 성가셨고, 한걸음 한걸음 보도블록에 발을 디딜 때마다 물웅덩이를 조심해야 했다고 그녀는 말했다.

어쨌든 골목 끝에 이를 때까지 거북이는 짜증을 내면서도 묵묵히 그를 쫓았다. 하지만 그렇게 도착한 골목의 끝엔……

"뭐가 있었는데?"

"중국집이요."

"뭐?"

고작 '신도문'이라는 이름의 중국집이 있었다. 부코스키는 유유히 그 안으로 사라졌다.

'허무해……'

지친 그녀는 입구 앞에 가만히 멈춰섰다. 그곳은 말 그대로 막다른 골목이었다. 종로 번화가를 벗어난 지 불과 몇분 만에, 어디가 어딘지도 헷갈릴 만한 곳에서, 겨우 중국집에 이르게 된 것이라고 그녀는 피식 웃으며 말했다.

거북이의 얘기는 대충 그랬다. 나는 비 그친 놀이터에서 두 시간을 기다려 미행에서 돌아오는 거북이를 만난 셈이었다. 진짜 그 사람을 따라간 거북이가 신기하기도 했지만, 거기에 대해선 왈가왈부하지 않았다. 어차피 끼여들 틈도 없었지만.

"미행이란 게 생각보다 쉽더라구요."

그녀는 몇번이나 그 말을 반복했다. 타깃이 자기가 쫓기고 있다는 걸 모르는 이상 너무 티만 내지 않으면 들킬 리가 없다며. 분명 거북이는 부코스키의 정체보다 미행 자체에 들떠 있는 것 같았다. 심지어 스스로를 대견해하는 것처럼도 보였다.

"근데 겨우 중국집 땜에 종로까지 갔다고?"

사실 나는 과연 그녀가 제대로 기억이나 하고 말하는 건지 의심스러웠다. 그렇게 여기저기를 쑤시고 다녔다면서 어디 어디를 지났는지 어떻게 다 일일이, 그것도 순서대로 기억할 수 있을까?

하지만 더 솔직히 얘기하자면 그런 건 아무래도 좋았다. 그보다는 집앞 놀이터에서 군이 이마트까지 옮겨온 이유가 내겐 더 탐탁잖았으니까. 그녀는 떠들면서도 계속 걸었고, 나는 카트를 끌며 졸졸 그 뒤를 따라가고 있었다. 피크타임의 이마트엔 사람이 꽤 많았지만, 우리처럼 빈 카트를 몰고 다니는 사람은 없었다. 부담없이 떠들기엔 대형마트가 더 낫다는 그녀의 억지 때문에 이십여분이나 걸어 군이 이곳까지 온 것이다.

"그래서 너도 짜장이나 먹고 온 거야?"

"아뇨, 난 안 들어갔어요. 들킬까봐."

"들킬까봐,라니?"

"신도문은 중국집치고 너무 작았어요. 배달전문인진 모르겠지만, 테이블이라곤 고작 여섯 개밖에 없더라고요. 손님도 없는 것 같고. 만약 들어갔으면 어떻게든 그 아저씨와 눈이 마주쳤을 거예요."

"설마 알아볼까? 충무로에서부터 어떤 여자가 쫓아왔다고? 설령 들킨다고 해도 의심받을 것까진 없잖아?"

"그럴지도 모르죠. 하지만 결과적으론 잘한 일이었어요. 그 아저씨는 그 안에 너무 오래 있었거든요. 아마 따라 들어갔다면 나도 무슨 핑계를 대든 계속 머무르든가, 먼저 나온다 해도 끝까지 밖에서 기다려야 했을 거예요. 어느 쪽이든 부자연스럽지 않을까요? 그 아저씨는 방금 전까지 조그만 짱께집에 같이 있던 나를 기억할 텐데, 의심받을 게 뻔하죠."

이해가 될 듯 말 듯했다.

"게다가 겁나기도 했어요."

"그 사람한테 붙들릴까봐?"

"노, 노."

"………"

"그건 아녜요. 사실은 그 아저씨가 중국집에 들어간 뒤에 안 그래도 따라 들어갈까 말까 근처에서 망설이고 있었어요. 근데 거기서 —아까도 말했다시피 아주 외진 골목이었는데 —우연히 뭔가를 발견한 거예요. 그게 화근이었죠."

"무슨 소리야?"

"들어봐요. 원래 눈에 띈 건 골목 한구석에 있는 작은 환기구였어요. 그냥 호기심에 그 틈으로 흘끗 들여다본 것뿐인데…… 어라, 그 반지하공간에 뭔가가 있더란 말이죠. 간판이나 로고 같은 건 없었지만, 어떤 업체의 사무실 같았어요. 직원들이 꽤 있었죠. 너무 구석진 곳이라 그런 게 있다는 게 신기하기도 하고…… 뭐랄까, 뜻밖이기도 해서 나는 쭈그리고 앉아서 그곳을 들여다봤어요. 순전히 우연이었죠. 어차피 시간을 때워야 하기도 했고요."

"그래서, 뭘 하는 곳이었는데?"

"직원들은 파란 작업복을 입고 있었고, 컴퓨터 앞에 앉아서 마우스를 놀리거나 큼직한 헤드쎄트를 쓴 채 떠들어대고 있었어요. 사실 그것만으로는 저게 무슨 일인지 감을 잡을 수 없었죠. 꼭 외계인들이랑 교신하는 것 같기도 하고, 아니 어쩌면 평범하다고도 할 수 있어요. 근데 왠지 모르게 그 사람들, 좀 무섭더라고요."

"무서워?"

그녀는 글쎄요, 하는 식으로 어깨를 으쓱했다.

"나는 그 이상한 사무실을 한동안 들여다봤어요. 딱히 할 게 없었기도 하고요. 근데 희한하게도 점점 그 사람들이 무섭게 느껴지더니, 갑자기 중국집에 들어갈 용기도 사라져버린 거였죠. 기분 탓일 수도 있지만, 왠지 맥이 탁 빠지는 느낌이었어요. 줄곧 장난치듯이 따라온 건데 갑자기 딱 멈춰버린 꼴…… 다시 말하지만, 그곳은 이상할 정도로 외지고 막다른 곳이었거든요. 추적추적 비는 계속 칙칙하게 내렸고."

나는 카트를 밀며 그녀의 얘기를 듣고 있었다. 생뚱맞은 얘기긴 했지만, 어딘가 모르게 공감되는 면이 없지 않았다. 스스로는 잘 모르는 듯했지만, 결국 거북이가 말한 무서움이란 그런 게 아니었을까. 내가 지금 여기서 뭘 하고 있는 걸까? 왜 나랑 아무 상관 없는 사람을 쫓아 여기까지 오게 된 걸까? 뭐 그런 식의 맥빠짐.

'스스로 생각해도 참 쓸데없는 짓이란 걸 깨달은 거지'라는 말이 입 안에서 맴돌았지만, 나는 굳이 내뱉지 않았다. 어쩌면 그건 나만의 생각인지도 모른다. 취업준비를 하면서부터 일종의 콤플렉스처럼 그런 사무실 얘기에 민감해져 있었으니까. 유치하지만, 무슨 일이든 바쁘게 일하는 공간에 있고 싶은 거랄까. 그게 아니라도 따지자면 이유야 많을 것이다.

어쨌든 그녀는 잠시 고민했고, 결국 골목을 빠져나왔다. 그리고 홀로 거리를 돌아다니는 사이, 어느 순간 비가 그쳤다.

"뭐야? 그게 끝이야?"

"어차피 거기서 기다릴 수도 없었다니까요."

"사무실 때문에?"

그녀는 대꾸하지 않았다. 우리는 한동안 말없이 마트를 돌아다녔다.

마침내 내가 무슨 말인가 꺼내려 했을 때, 거북이는 멈춰서 있었다. 물론 부코스키에 대해 덧붙일 얘기가 있어서는 아니었다. 그녀는 저 멀리 엉뚱한 곳을 바라보고 있었다. 나는 조용히 그녀의 시선을 좇았다. 아까 우리가 지나쳤던 육류 및 생선 코너였다.

"뭐 해?"

그러고 보니 분위기가 이상했다. 거북이뿐 아니라 다른 사람들 역시 제자리에 가만히 서 있었던 것이다. 침묵은 한곳으로 향해 있었다. 금방 무슨 일이 일어났는지 알 수 있었다.

길게 늘어선 생선가판대 앞. 언제부터였을까, 그곳에서 비슷한 체구의 아줌마 둘이 엉겨붙어 싸우고 있었다. 서로 한마디씩 주고 받다가 한쪽이 툭 치면 다른 쪽이 받아치는, 그런 초반의 절차는 이미 지나간 듯했다. 그녀들은 서로 머리끄덩이를 잡힌 채 이리저리 팽개쳐지고 있었다. 결국 둘은 진열된 상품들을 쏟뜨리며 바닥에 넘어졌고, 그런 채로 한참을 뒹굴었다. 볼 만한 구경거리긴 했다. 다들 그곳에서 눈을 떼지 못했다.

　하지만 정작 중요한 건 그게 아니었다. 대체 뭣 때문에 싸우는지 이유를 알 수 없었던 것이다. 어이없게도 당사자들은 아무 말이 없었다. 욕이든 뭐든 무슨 말이라도 있으면 남편이 바람이 났는지, 누가 뒷소리를 하고 다녔는지, 얼마를 떼먹었는지 이유나 알고 구경하련만, 끝내 어느 한쪽도 입을 열지 않았다. 보기 드물게 오직 몸으로만 하는 싸움이었다. 더불어 구경하는 사람도 말이 없었고, 딱히 말리는 사람도 없었다. 덕분에 뜻하지 않게도 기묘한 분위기가 연출되고 있었다. 그렇게 시끌벅적하던 사람들이 모두 침묵하는 사이, 소비를 유도한다는 모짜르트만이 마트를 떠다니고 있었다.

　"음……"

　싸움은 점원들이 지친 그녀들을 떼어놓으면서 끝이 났다. 양쪽이 떨어져나가자, 그제야 사람들은 하나둘 움직이기 시작했다. 거북이 역시 아무 일 없었다는 듯 다시 걷기 시작했다. 물론 저들이 왜 싸웠는지는 끝내 알 수 없었다.

　어색하게나마 침묵을 깬 건 나였다.

　"그래서, 그 아저씨는 왜 그러는 거 같아? 결국은 그게 중요한 거잖아?"

"안 그래도 계속 생각해봤어요. 여기까지 오는 동안 쭉."

그녀는 짐짓 진지한 체 호흡을 가다듬었다.

"확실한 사실부터 정리해보면, 몇가지 가정을 할 수 있어요. 일단 중국집에 간다는 것. 근데 지난번엔 충무로역으로 갔으니까, 별로 매치가 안되긴 해요. 그리고 종로를 헤매고 다닌다는 것. 그밖에 또 뭐가 있을까요? 어쨌든 소문이 사실인 건 맞는데…… 우발적인 거였겠지만, 그 썰렁한 중국집에서 뭘 했는지는 도통 알 수 없으니 말이죠."

"아무래도 그렇지?"

"다음에 가보면 확실히 알 수 있겠죠. 아직은 정보가 너무 부족하네요."

그녀는 머리를 긁적였다.

"비가 언제 또 올까요?"

"글쎄."

"근데 아무래도 다음부턴 선배가 가야겠어요."

"나? 내가 왜?"

"기본체력도 그렇고, 여자라서 위험한 데 가기도 그렇고."

"무슨 위험? 네가 지레 겁먹고 몸을 사린 거잖아."

"혹시 모르죠. 아무 죄 없는 사람을 쫓아가는 게 정상인 것도 아니고."

어느새 우리는 계산대에 도착했다. 조용한 사람들이 많이도 몰려 있었다.

"그럼 같이 가지 뭐."

"안돼요. 혼자 가요."

"가면서 의논해보면 더 쉬울 거 아냐? 그게 낫지."

"말이 되는 소릴 해요."

"왜?"

"그건 낭비예요. 인력낭비."

결국 우리는 라면과 요구르트밖에 사지 않은 채 쇼핑을 끝냈다.

"둘이 다니면 들킬 위험도 커지고, 무엇보다 룰에 어긋나요. 파
울이죠."

"룰?"

다시 말하지만, 나는 그 아저씨의 정체 따위엔 관심이 없었다.

"각자 관찰하고 답을 내야 해요."

나는 떨떠름하게 대꾸했다.

"내가 쫓아가본다 치자. 그럼 넌 뭘 하게?"

"난 보장슈퍼에 직접 가보려고 해요. ……시간 나면."

"시간 나면?"

"맑은 날이 더 많잖아요."

그녀는 나랑 게임이라도 하고 싶었던 걸까? 사실 게임을 하기에
는 나는 이래저래 여유가 없었다. 나나 내 친구들은 대학을 졸업한
지 이삼년이 지났지만 대부분 직장이 없는 처지였다. 온종일 집에
서 인터넷을 떠돌며 잠을 청하거나 도서관에서 졸고 있거나, 둘 중

하나였다. 설령 직장을 가졌다고 해도 잠시 땡볕을 피하는 정도에 불과했다. 여름은 점점 길어지고 있었다. 텔레비전에선 온난화 탓이라고 지겹게 떠들어댔다.

수분

거북이가 부코스키를 따라갔던 날 이후로 한동안 맑은 날이 계속됐다. 사실 맑다기보다는 미친 듯이 찌는 날이라고 하는 게 옳았다. 온난화와 살인더위, 불쾌지수 따위에 대한 기사들이 며칠째 뉴스를 도배하고 있었다. 최근 이렇다할 쇼킹한 사건이 없는 탓이기도 했다. 내 경우만 해도 그랬다. 여태까지와 다를 바 없는 생활, 거북이와 함께 살긴 하지만 그다지 달라진 게 없었다.

반면 그녀는 나름 바빠 보였다.

어디??

가끔 메씨지를 보내보면 아르바이트중일 때도 있었고, MOS 따위의 자격증을 취득한다며 컴퓨터학원에 있을 때도 있었다. 또 드문 것 같지만 나름대로는 틈틈이 —그녀의 표현에 따르면 경제적으로— 보장슈퍼에 관한 정보를 캐기 시작했다.

하지만 그녀가 수집한 사실들이란 하나같이 시답잖은 것들, 예를 들면 부코스키가 충무로에 정착한 지 올해로 몇년이라는 둥, 전부인과 이혼한 이유가 뭐였다는 둥 기본적이고 케케묵은 내용이 고작이었다. 후문 근처에서 십사년째 치킨호프를 운영해온 이웃남자는 자신이 처음 충무로에 왔을 때부터 보장슈퍼가 존재했고 부코스키가 주인이었다고 말해주었다. 또한 가족이나 왕래하는 친지도 없이 혼자 사는 남자지만 이웃들과도 무난하게 어울리는 편이라고 했다.

"근데 그게 비오는 날이랑 무슨 관계라는 거야?"

하지만 정작 중요한 부분에 대해선 조금도 접근하지 못했다. 비오는 날의 의심스러운 외출과 관련된 정보는 전혀 없었던 것이다. 다들 소문에 대해선 익히 알고 있었지만, 누구 하나 그 이상의 관심은 없거나 아니면 알면서도 말하지 않는 것 같았다. 어쩌면 거북이가 대놓고 물어보지 않은 탓일 수도 있다. 일종의 페어플레이. 그것도 그녀가 만든 룰이었으니 말이다.

"자요."

매번 별 소득 없는 탐문이었지만, 그녀는 보장슈퍼에 들를 때마다 뭔가를 한 가지씩 사서 내게 선물이랍시고 주곤 했다. 주로 담배나 로또복권 같은 것들이었다.

"달랑 이것만 샀어?"

언젠가 내가 묻자 그녀는 심드렁하게 대꾸했다.

"이마트 한두 번 가요? 어차피 다른 물건이야 마트가 더 싸답

니다."

어쨌든 게임치고는 많이 부족했다. 무엇보다 너무 더디게 진행되고 있었다. 거북이는 비가 오기만을 기다린다고 했다. 아무래도 직접 현장을 잡아야 하지 않겠느냐고, 누구의 도움도 받지 않고 '쌈빡하게' 진실을 밝혀내야 하지 않겠느냐고 말이다.

"아마 선배라면 뭔가 건질 수 있을 거예요."

그녀는 동기부여라도 하듯 그렇게 말하곤 했다. 또 지금처럼 집에만 있는 게 답답하지 않으냐고도 덧붙였다. 사실 가끔 있는 약속을 제외하면 줄곧 집에만 퍼질러 있는 것은 오랫동안 익숙해진 내 생활이었다. 외출이라 해봐야 선선해질 무렵 동네를 한바퀴 산책하는 게 고작이었다. 때로 누군가의 장례식이나 결혼식에 가야 할 일도 있었지만, 지난번 면접처럼 생산적인 이유로 외출하는 건 매우 드문 일이었다.

나의 주요 일과는 집에서 이력서를 쓰는 것이었다.

  (1) 성장과정을 언급한다.
  (2) 자신의 성격을 솔직히 서술한다.
  (3) 특기사항과 장점을 피력한다.
  (4) 학창생활에 대해 언급한다.
  (5) 입사동기와 포부를 구체적으로 밝힌다.

네이버 지식인에서 추천하는 '자기소개서 작성법'에는 이와 같이 명시되어 있었다. 이렇다할 경력이 없는 내게 가장 귀찮은 것은 역시 자기소개서였다. 나는 '작성법'이라고 되어 있는 그 쓰레기를 몇번이나 반복해 읽었다. 쓰레기는 역시 쓰레기였다.

기본적인 요령 외에 유의사항이랍시고 검색되는 건 다음과 같았다.

> (1) 자신을 남에게 소개하는 어조로 일관할 것
>
> (2) 객관적인 태도를 유지할 것
>
> (3) 기본적인 내용을 포함할 것
>
> (4) 사실에 대한 과장이나 허위기재를 하지 말 것
>
> (5) 한자어나 외래어 사용은 정확하게 할 것
>
> (6) 최종 점검과정을 거칠 것

나는 매일 잡코리아나 사람인에 들러 쓸 만한 업체를 찾아다녔다. 연봉을 조사했고, 욕을 뱉었고, 회원게시판을 뒤졌다. 어쩌다 마음에 드는 곳이 있으면 해당 입사지원서를 다운로드했고, 업체에 맞춰 후닥닥 이력서를 제조했다.

'이번달엔 몇군데만 해야지.'

생각은 늘 그러면서도 눈을 뜨면 버릇처럼 같은 짓을 반복했다. 이력서 쓰기가 끝나면 하릴없이 인터넷을 돌아다니거나 창가에서 담배를 피웠다. 알게 모르게 스트레스가 많았는지도 모른다.

창밖을 보다가 문득 골목의 낙서가 생각난 어느날은 네이버 검

색창에 'ill matic'과 'ass out'을 쳐보기도 했다. ill matic의 ill은 은어로 사용될 때는 cool이나 sick처럼 '빼어나다' 혹은 '죽여준다'는 뜻으로, '어떤 것' 혹은 '어떤 물건'을 지칭하는 matic과 합쳐져 '죽여주는 물건' 정도로 해석된다고 했다. 일종의 조어로 나스(Nas)라는 래퍼의 앨범 제목이기도 했다. 또 ass out은 파산을 뜻했다. 그럼 '죽여주는 물건'과 '파산'인가? 계속 클릭해가니 힙합 관련 포스팅이 많이 뜨는 걸로 보아 흑인들이 자주 쓰는 슬랭인 듯했다.

나는 내친김에 관련검색어로 뜨는 '그래피티'나 '거리의 언어' '벽에 쓰는 암호' 따위를 차례로 클릭했다. 길거리에서 사용된 기호의 역사에 대한 내용들이었다. 이차대전 때 프랑스에서 레지스 땅스의 암호로 쓰였다는 아이들의 낙서, 대공황 때 어느 집이 부잣집인지 구분하기 위해 부랑자들이 주택가 담벼락에 표시했다는 암호, 동네 패거리들 사이의 영역 표시로 쓰인 그래피티 아트⋯⋯ 『코드북』 같은 관련서적이나 '블랙 삐까쏘'라 불렸다는 바스키아까지, 정보는 꼬리에 꼬리를 물었다.

늘 그렇듯 이런저런 페이지를 돌아다니는 사이 많은 시간이 흘러버렸다. 한때는 이런 식이라면 평생 검색만 해도 괜찮겠다고 생각한 적도 있다. 누군가는 인터넷만 돌아다녀도 그것도 공부고 여행이라 말했다는데, 아예 인터넷이 생활이 되어버린 지금에야 시대착오적인 말이 돼버렸을지언정 어느정도는 공감이 가는 게 사실이었다.

눈이 아플 만큼 화면을 보고 나서야 나는 마우스를 놓았다. 그리고 담배를 꺼내들고 창가에 섰다. 하늘은 여전히 푸르고 아득했다. 요컨대 매일 쓰레기 같은 이력서를 쓰고, 가끔 '아는 사람'의 경조사에 참석하고, 텔레비전으로 유재석을 보고 인터넷으로 뉴스를 검색하는…… 여태까지와 다를 바 없는 생활이었다. 하지만 이상하게도 거북이가 집에 들어온 다음부터는 그런 내 생활이 좀 빡빡하게 느껴지기 시작했다. 말하자면 수분이 필요해졌다고 할까.

그것도 변화라면 변화였다. 언제부턴가 나는 일기예보를 놓치지 않았고, 어느날 9시뉴스에서 다음날 비가 올 거라는 소식을 들었을 때는 괜히 반갑기까지 했다.

눈을 떴을 때부터 주룩주룩 비가 오던 그날, 나는 일찌감치 집을 나서서 후문 근처의 편의점에 들렀다. 하지만 담배를 하나 사 피우고도 잠은 달아나지 않았다. 오히려 예비군훈련마냥 한심한 짓이라는 실감이 점점 커지기 시작했다.

"차 조심해요. 점심 꼭 챙겨먹고."

내가 집을 나설 때 거북이는 말했다.

"이따 전화할게."

여덟시 사십일분, 나는 지난번처럼 보장슈퍼 건너편에 섰다. 다만 이번엔 혼자였다. 전봇대엔 ill matic과 ass out이라는 낙서가 여전했다.

'죽여주는 물건, 그 뒤엔 파산?'

우습지만 그 뜻이라도 알고 나니 한결 마음이 편했다.

마침내 아홉시, 파란 셔터가 조용히 올라갔다. 그리고 잠시 후 '금일휴업'이라고 적힌 메모가 붙었다.

미친년

부코스키는 동대문운동장에서 내렸다. 쇼핑백을 든 사람들이 방금 우리가 내린 열차에 줄지어 올라탔다. 교복을 입은 학생들이 많이 눈에 띄었다.

그는 환승하려는지 5호선 타는 곳으로 내려갔고, 나는 슬금슬금 그 뒤에 따라붙었다. 계단을 걷고 또 걷는 사이, 언젠가 누군가한 테 들었던 '동대문 지하철은 수도권에서도 최악'이라는 말이 새삼 실감났다. 계단은 더럽게 길었고 오가는 사람들과 쉴새없이 부딪쳤다.

플랫폼에 방화행 열차가 들어오는 것이 보일 즈음 사람들이 하나둘 뛰기 시작했다. 덩달아 그의 걸음도, 서서히 내 걸음도 빨라졌다. 어느새 우리는 사람들과 함께 달렸고, 간신히 마지막 칸에 올랐다. 나름 아슬아슬했던 터라 덕분에 잠이 좀 깼다.

이미 종로의 중국집과는 다른 길로 접어든 셈이었다. 어느정도는 예상한 바이기도 했다. 처음에는 충무로역에서 지하철을 탔고 두번째는 종로 쪽으로 걸었으니 매번 다른 곳일 가능성이 크다고

딴엔 짐작하고 있었던 것이다.

여름방학이라 그런지 쇼핑백을 든 중고생들이 여기저기 눈에 띄었다. 덕분에 열차는 만만한 선생의 수업시간처럼 시끌시끌했다. 나는 지하철만 타면 별 이유도 없이 학창시절을 떠올리게 된다. 매일 아침 반복되던 등굣길의 소란스러움이 그 이유인지도 모른다.

"야, 어제 우결 봤냐?"

"조용히 말해. 쪽팔려."

"지랄."

여기저기 무리지어 선 학생들은 우산에서 물이 튀든 말든 별것도 아닌 얘기에 열을 올리고 있었다.

"그거 진짜 말도 안되지 않냐?"

"너랑은 아무 상관 없잖아."

"지랄."

가뜩이나 마지막 칸이라 승객들이 몰려 있었다. 어딜 가든 우선 자리부터 옮겨야 하지 않나 싶었다. 다행히 부코스키도 나와 같은 생각이었는지, 열차가 움직이자 슬슬 옆칸으로 이동하기 시작했다.

거북이의 말마따나 영화나 소설을 보며 상상했던 것에 비하면 미행이란 별게 아니었다. 상식적으로 누군가 자기를 뒤쫓을 거라고 상상하기 어렵기 때문일까? 정말이지 타깃이 미행을 의심하지 않는 한 어려울 건 없어 보였다. 다만 쫓는 사람의 입장에서 짜증이 나는 경우는 있었다. 전철 옆칸으로 이동하는 부코스키를 따라갈 때도 그랬다. 단지 실내가 좀 어수선하기 때문에 자리를 옮기는 줄 알았는데, 그게 아닌 모양인지 그는 한산한 칸에 이르러서도 걸음을 멈추지 않았다. 결국 열차가 을지로4가를 지나고 종로3가마저 지났을 때, 선반에 있던 신문 한 부를 건지고서야 그는 만족한 듯 자리에 앉았다.

'신문은 뭐 하러……'

그리고 그때부터는 우산도 내려놓은 채 한가로이 신문만 펄럭거렸다. 그러고 보니 열차에 탄 사람들 절반가량이 같은 신문을 보고 있었다. 행여나 들킬 리는 없었지만, 나는 왠지 꺼림칙해 자리에 앉지 않았다. 광화문, 서대문…… 열차는 일정한 속도로 하나둘 역을 통과했다. 타고 내리는 사람들 모두 각자의 우산을 들고 있었다.

결국 심심해진 나도 같은 신문을 펴들었다. 연일 더운 날씨에 대해 떠들더니, 오랜만의 비에 대해서는 별다른 언급이 없었다.

애오개, 공덕……

'거북이한테 엠피쓰리라도 빌려올걸……'

왠지 지루한 하루가 될 거라는 예감이 들었다.

결국 부코스키는 여의나루역에서 하차했다. 그곳에서 내리는 사람이 몇 되지 않아 괜히 얼쯤했다.

'계속 따라붙는데 눈치도 없나?'

그런 생각이 들었지만, 하긴 나라도 낯선 사람이 뒤를 쫓으면 알아챌 수 있을까 싶기도 했다. 실제로 내가 그를 따라가는 동안 느낀 것도 그것이었다. 무엇보다 우리는 서로 알아볼 수 없다는 것. 일

면식도 없는 나 같은 사람이 대놓고 따라간다 한들 그가 나를 알아볼 수 있을까? 그렇다면 나 역시 이렇게 따라가는 것만으로 무엇을 알아낼 수 있을까? 차라리 단 한번의 직접적인 접촉이 낫지 않을까?

두서없이 그런 생각을 하면서 여의나루역에서 지상으로 올라서자, 우울한 잿빛 하늘이 펼쳐져 있었다. 아침의 기세로 보아서는 금세 그칠 것 같던 빗발도 오히려 더 굵어진 듯했다. 부코스키는 천천히 여의도공원을 지났고, 곧 기약없이 강변을 걷기 시작했다. 나는 십 미터 정도 거리를 둔 채 그의 뒤를 밟았다.

처음에는 여러 실없는 생각 — 예를 들면 그의 우산이 내 것과 같은 검은색이라거나, 아무리 비가 온다지만 한강엔 왜 이리 사람이 없을까 하는 의문 따위 — 을 떠올리며 걸었지만, 이내 따분해지고 말았다. 그렇게 쓰잘머리없는 생각이나 해야 했을 만큼 그에게선 건질 게 없었던 것이다. 부코스키는 매우 느리지만 일정하게 걸었고, 의심해볼 만한 행동 따위 한번도 하지 않았다. 그저 한 걸음 한걸음이 끝없이 반복될 뿐이었다.

마침내 단조로운 흐름이 깨진 것도 그가 아닌 새로운 누군가의 출현에 의해서였다. 한강을 옆에 끼고 마냥 걷던 우리가 당산철교를 얼마 앞두지 않았을 때, 빗속으로 저 멀리 누군가 달려오는 게 보였다. 나는 걸음을 멈춘 채 그 사람을 주목했다. 빗속에서 차츰차츰 선명해져가는 그 형체는 아래위 검은 추리닝에 빨간 야구모자를 눌러쓴 젊은 여자였다.

'설마⋯⋯'

하지만 역시나 아무 일도 일어나지 않았다. 하나뿐인 길 위에서 그녀는 곧 부코스키와 가까워졌지만, 순식간에 그를 스쳤고, 그 속력 그대로 내게 달려왔다. 기대가 없었던 만큼 실망도 없었지만,

'이런 날에 조깅이라니.'

미친년은 아니겠지만, 미친년 같았다.

어쨌든 추리닝을 입고 열심히 달리던 그녀는 그날 내가 한강에서 본 유일한 행인이었다. 물론 사람이 아주 없는 것은 아니었지만, 눈에 띄었다고 할까, 행인다운 행인은 그 여자뿐이었다. 멀어져가는 그녀의 뒷모습을 보자 한숨이 절로 나왔다. 내가 지금 여기서 뭘 하고 있는 거지? 거북이는 지금 뭘 하고 있을까?

시간이 천천히 흘렀다. 나는 일정한 보폭으로 걸었지만, 그가 걸음이 느렸기 때문에 잠깐만 방심해도 그와의 거리가 너무 가까워지기 일쑤였다. 그럴 때면 나는 잠시 멈췄다 다시 걷곤 했지만, 그런 노력에도 불구하고 — 어차피 나도 계속 걸었으므로 — 간격은 매우 가깝게 유지되고 있었다. 하나뿐인 길 위엔 아무런 장애물도 없었다. 만약 그가 한번이라도 뒤를 돌아봤다면, 우리는 쉽게 마주할 수 있었을 것이다. 사실 나는 그렇게 들켰으면 하는 마음도 있었다. 그렇다면 게임은 쉽게 끝났을 것이다.

'대화만 한다면, 모든 게 한꺼번에 풀리겠지.'

하지만 그것은 빌어먹을 룰에 위반되는 행위였다. 시답잖은 장난에 어울리는 어설픈 룰에 불과했지만, 나는 일단 두고 보자는 생각이었다. 그와 직접 대화를 나누는 거야 이 장난이 지루해지면 언

제든 할 수 있는 것 아닌가. 식당에서 우습지도 않은 소문을 듣게 된 거나, 갑자기 나타난 거북이나, 여기까지 쫓아오게 된 나까지, 어차피 처음부터 말이 되는 게 없었다.

어쨌든 부코스키는 나와 대화할 생각이 없는 듯했다. 그는 끝내 뒤를 돌아보지 않았다. 내가 따라오는 걸 눈치채지 못했음은 말할 것도 없다. 나중에 새삼 깨달은 사실이지만, 비내리는 한강을 보며 걷던 나와 달리 그는 별볼일없는 잔디 쪽을 보며 걷고 있었다. 그때 그는 무슨 생각을 했을까?

마침내 그날의 시간이 멈춘 것은 어느 벤치에 다다랐을 때였다. 젖은 정도가 아니라 빗물이 흥건한 벤치에 그는 아무렇지도 않게 앉았다. 우산까지 손에 든 채였다.

'뭐야, 저거.'

어이가 없는 나는 몇 미터 떨어진 곳에서 가만히 그가 하는 양을 지켜봤다. 어찌 보면 벤치에 앉아 누군가를 기다리는 모양새였다. 비만 오지 않았다면, 평범한 거리였다면 말이다. 하지만 비가 오는 강변엔 딱히 몇사람 있지도 않았고, 그에게 눈길을 주는 사람 또한 아무도 없었다. 아무리 미쳐가는 놈이 많다지만······

'정말 또라이인가?'

나는 점점 그에게 다가갔다. 하지만 그는 나 따윈 안중에 없다는 듯 거들떠보지도 않았다. 단지 잔디밭 쪽을 계속 바라봤을 뿐이다. 나는 그의 벤치를 스쳐지났다.

얼핏 그는 근처에서 산책을 나온 사람이나 다름없어 보였다. 비만 오지 않았다면, 멀리 충무로에서 온 것만 아니었다면 말이다.

그와 나 사이엔 아무것도 없었다.

점원

"그리고요?"

"그리고?"

벤치에서 일어난 뒤에도 부코스키는 그저 걸었을 뿐이다. 같은 방식으로 선유도공원을 한참 돌아다녔고, 비가 그친 뒤에야 버스를 타고 귀가했다. 나는 충무로로 돌아올 때까지의 정황을 일일이 설명했다. 물론 굳이 언급할 필요도 없는 부분이었고, 사실 거북이는 듣고 있지도 않았다.

"시시하네요."

별 소득이 없다는 걸 알자, 그녀는 말했다.

"거기까진 나도 다 했던 거잖아요?"

괜히 오기가 생겼다.

"첨엔 중국집, 다음엔 한강이지. 나 나름 생각은 있는데……"

하지만 그녀는 더 듣지 않고 내 말을 잘랐다.

"그야 차차 알게 되겠죠."

"차차?"

"비야 또 오겠죠 뭐, 여름인데."

"나도 알아."

내가 부코스키와 여의도를 헤맨 그날은 얼마 전 지원한 회사의 서류전형 발표가 있던 날이었다. 나는 집으로 돌아와 거북이와 떠든 뒤 슬쩍 그 회사의 홈페이지에 들렀다. 혹시나 했지만 역시 불합격, 여러모로 소득 없는 하루였다.

"우리가 쓸데없는 짓을 하고 있는 건가?"

쓸쓸한 건 어쩔 수 없었다.

"누구나 그런 기분이 들 때가 있죠."

그녀는 별일 아니라는 듯 대답하고는, 수건과 속옷을 챙겨 욕실로 들어갔다. 곧 샤워하는 소리가 이어졌다. 대충 그런 식으로 긴 하루가 끝났다.

다음날도 그 다음날도 더운 날이 이어졌다. 간혹 보장슈퍼에 들른 거북이가 그의 근황을 전해주곤 했지만, 그녀의 말마따나 어차피 현장을 쫓는 것에 비하지 못할 일이었다. 비가 내리지 않는 한 이러지도 저러지도 못할 상황, 정체구간에 들어선 셈이었다.

나는 의식하지 않으려 하면서도 점점 일기예보에 관심이 가는 걸 어쩔 수 없었다. 하지만 불행인지 다행인지 비 소식은 드물었다. 가는 비일지언정 아침부터 내리는 비라야 했으니 말이다. 설령 다시 시도한다 해도 나아질 것 같진 않았지만, 한번 더 쫓아가볼 필요가 있다고 생각했다. 어차피 그 방법밖에 없기도 했다. 하지만 비가 오기만을 기다리는 건 긴 백수생활 못지않게 지루했다.

며칠이 지나 마침내 반가운 비가 온 날, 나는 다소 들뜬 기분으로 집을 나섰다. 아침 일찍 전봇대 앞에서 담배를 피울 땐 이 짓도 썩 괜찮은 추억이 될지 모른다고까지 생각했다.

하지만 기대가 섣불렀던 만큼 실망도 컸다. 오랜만에 단물 같은 비가 내리던 그날, 부코스키는 고작 강남역 교보문고에 갔던 것이다. 서점엘 갈 거면 뭐 하러 비가 오는 날을 택했을까? 투덜대면서도 나는 묵묵히 검은 우산을 놓지 않았다.

부코스키는 3호선과 2호선을 탔고, 강남역에서 내린 뒤 한 블록을 걸었다. 강남역 일대는 이른 시간임에도 행인들과 노점상들로 북적거렸다. 특히 횡단보도를 건널 때는 오가는 사람들끼리 서로 우산이 부딪쳤고, 시내버스가 연방 짜증스럽게 클랙슨을 울려댔다. 사실 나는 그에게서 어떤 특이한 점도 찾아낼 수 없다는 조급함보다 그동안 며칠째 비가 오기만을 기다렸다는 것에 더 짜증이 난 상태였다.

어쨌든 부코스키가 서점에서 맨처음 들른 곳은 실용서 코너였다. 그는 책꽂이 앞에서 제목들을 쭉 훑어봤고, 데스크에 있는 점원에게 다가가 뭔가를 물었다. 서점에선 워낙 익숙한 풍경이라 그다지 신경쓸 일은 아니었는데, 문제는 그가 자꾸만 같은 행동을 반복한다는 것이었다. 아무래도 그는 서가의 배열이 익숙지 않은 듯했다.

데스크의 점원은 이십대 후반으로 보이는 여자였다. 그녀는 반복되는 부탁에도 웃으며 그를 대했고, 친절하게 직접 책을 찾아주기도 했다. 그가 책을 보느라 잠시 빈틈이 생겼을 때, 나는 슬쩍 그녀에게 다가갔다.

"저 아저씨가 뭐라던가요?"

나는 부코스키를 가리켰다. 점원은 순간 흠칫하는 것 같더니, 곧 친절하게 대답했다.

"책을 찾으셨어요."

"어떤 책인데요?"

"그건 말씀드리기 곤란한데…… 아는 분이세요?"

"네."

"그럼 직접 여쭤보지 그러세요?"

그녀는 부코스키를 가리켰다. 도리어 나를 이상하게 보는 눈치였다.

"그럴 사정이 아녜요."

하지만 그녀는 장난으로 아는 모양이었다. 더이상 보채기 민망할 정도로 귀엽게 웃기만 했다. 하는 수 없이 나는 직접 부코스키 근처로 다가갔다. 그가 책을 놓으면 무슨 책인지 직접 확인할 생각이었다.

나는 오분이고 십분이고 그가 책을 내려놓을 때까지 하이에나처럼 주변을 서성거렸고, 그가 자리를 뜨면 슬그머니 먹이를 물었다. 메뉴는 조촐했다. 하나같이 와닿지 않았다.

장외주식에 투자하라

여자의 모든 인생은 20대에 결정된다

지금 부동산 안 사면 평생 부자 꿈도 꾸지 마라

그는 책꽂이를 훑다가 점원을 찾아가고, 받아든 책을 읽다가 다른 코너로 옮기길 반복했다. 더구나 책을 고르는 데 걸리는 시간은 점점 길어졌다. 나중에는 아예 몇권을 싸들고 구석에 자리를 잡기도 했다.

나는 책을 구경하는 척하며 천천히 그의 주변을 맴돌았다. 점원은 그런 나를 한심하게 바라봤다. 하지만 이것도 어디까지나 처음 한두 시간 동안이었다. 그런 짓도 한두 번이지, 그가 두 시간 넘게 같은 짓을 반복하자 나는 끝내 지쳐버렸던 것이다. 그가 거쳐간 책들은 기억하기에도 너무 많았고, 더구나 흔해빠진 것뿐이었다. 점원도 지겨워졌는지 더이상 나를 지켜보지 않았다.

'또?'

왠지 오늘도 공친 것 같아 헛웃음이 나왔다. 이대로라면 또 다음 비오는 날을 기다려야 할 것이었다.

부코스키가 서점을 나온 것은 서너 시간쯤 지났을 때였다. 그즈음엔 나도 포기한 채 근처에 앉아 『씨네21』을 읽고 있었다. 이미 교대했는지 아까의 점원 또한 보이지 않았다. 한시 삼십오분. 마침내 그는 한 권의 책도 사지 않은 채 밖으로 나가는 회전문을 통과했다.

나는 교보빌딩을 벗어나면서야 그가 왜 그렇게 오랫동안 책을 봤는지 알 수 있었다. 이유는 간단했다. 그새 비가 그쳤던 것이다.

정말 비가 그칠 때까지만 서점에 머물렀던 걸까? 그렇다면 그는 밖의 상황을 어떻게 알았을까? 들락거리는 사람들의 우산을 계속 관찰하고 있었는지도 모른다. 그가 '또라이'라면 가능하고도 남는 얘기다.

쓸모없는 우산은 내 손에도 들려 있었다. 비가 그친 거리. 부코스키는 논현역까지 걸었고, 그곳에서 고속터미널 방향 7호선에 올랐다. 더 말할 것도 없었다. 이제 그만 집으로 돌아가는 것이다. 혹시라도 내가 뒤를 쫓고 있다는 걸 그가 알 리 만무하다 싶으면서도, 왠지 한방 먹었다는 기분을 지울 수 없었다. 그의 외출이 진짜 아무 이유가 없더라는 것, 그가 그저 평범한 사람에 불과할 수도 있다는 애초의 걱정이 틀리지 않았기 때문이다.

'다 거북이 때문이야.'

내가 발견하지 못하는 게 아니라, 처음부터 아예 하는 짓 자체가 없더라는 것. 그것은 일전에 거북이가 말했던 것과는 또 다른 의미에서의 맥빠짐이었다. 무엇이든 상상할 수 있는 것 이상은 일어나지 않는다. 그렇지 않다면 현실이 아닐 것이다.

오늘도 공쳤다고 생각하며 나는 허탈하게 열차에 올랐다. 하지만 그후 부코스키와는 상관없이 어처구니없는 일이 생겨 그나마 열차에서도 내려야 했다. 고속터미널에서 3호선으로 갈아타고 자리에 앉아 부코스키나 다른 승객들처럼 선반 위의 신문을 집어들던 차였다. 신문에만 신경쓰다가 실수로 그만 앞에 있던 아줌마의 우산을 발로 차버린 것이다. 사실 찼다기보다는 툭 건드린 것에 가까웠고, 잘잘못을 따질 일도 아니었다. 하지만 문제는 그 아줌마였다.

그녀는 사과를 바라는 듯 나를 매섭게 노려봤다. 그러잖아도 아까부터 자리를 양보하지 않는 나를 탐탁잖게 보고 있던 여자였다. 처음엔 그녀의 지독한 눈초리에도 아무 말 않고 버텼지만, 다른 승객들의 말없는 시선까지 더해지자 결국 분위기를 이기지 못하고 옥수역에서 중도하차해야 했다. 옆에서 무슨 일이 있건 말건 신문이나 보고 있던 부코스키는 그대로 가버리고 말았다. 나는 쓸쓸하게 혼자 옥수역 플랫폼에 남아 다음 열차를 기다려야 했다. 가뜩이나 소득 없던 하루의 추레한 마무리였다.

몇분 늦게 충무로역에 도착한 나는 지친 몸으로 티켓창구 앞에 섰다. 1호선부터 빨강, 녹색, 오렌지, 파랑…… 5호선부터 보라, 커피, 겨자…… 다양한 색깔이 엉켜 있는 수도권 노선을 한동안 들여다봤다. 그리고 작은 싸이즈의 포켓용 노선도를 하나 집어들었다.

'아무데나 가는 걸까? 그럴 리가 없잖아.'

멍하니 그런 생각을 했던 것 같다.

불특정다수

어제 일이 기억나지 않았다. 외환은행에 취직한 친구가 한턱낸
다고 해서 방배동 근처에서 술을 마신 날이었다. 친한 친구 몇명만
부른 자리인 줄 알았는데, 그게 아니었는지 모르는 사람들이 꽤 많
았다.

'뭐 하러 왔을까……'

그저 그런 자리였다. 하지만 언제나 그렇듯 나는 금방 적응했다.
취해갔고, 내 얘기를 숨겼고, 취직을 축하했다. 그리고 몇잔째 술이
들어갔을 땐가, 한 여자를 알게 됐다. 같은 테이블에 있던 낭랑한
목소리의 여자였다. 이런저런 얘기를 나눴던 것까지는 기억이 난
다. 하여간 햇살에 눈이 부셔 잠을 깨니 모텔방이었다.

길게 생각할 것 없이 그곳을 빠져나와 한참 걷고서야 제법 익숙
한 골목이란 걸 깨달을 수 있었다. 사당역 근처였다.

언덕을 내려와 큰 거리로 나오자 토스트 가게 하나가 눈에 띄었
다. 왠지 먹고 싶긴 한데, 뭐랄까, 허기라기보단 한번 시식해보고
싶은 호기심에 가까웠다. 가게 앞에는 깔끔한 정장 차림의 여자 셋
이 나란히 서 있었다. 출근길에 아침 대용으로 들른 모양이었다.
그녀들은 시끄럽게 떠들며 인스턴트커피를 마셨고, 나는 그 옆에
서서 토스트와 딸기우유를 주문했다.

주인남자가 미리 만들어놓은 토스트를 건넸고, 나는 받자마자

먹기 시작했다. 미지근한 게 기대만큼 맛이 괜찮았다. 계란프라이에 뿌려진 소금과 식빵에 뿌려진 설탕이 적당히 혼합된 싸구려 맛.

손님이 꽤 많은 편이었지만 대부분 테이크아웃이었고 여자 셋과 나만이 느긋하게 자리를 지켰다. 그녀들은 아까부터 수다를 떠느라 정신이 없었다. 정팀장이 무슨 말을 했고, 미스송이 뭐라 받아쳤고…… 대충 전날 밤 술자리 얘기인 것 같았다. 하지만 고만고만한 얘기이기도 하고 잠이 덜 깬 상태이기도 해서 그다지 관심이 가지 않았다. 내 성격상 드문 일이긴 했지만, 어차피 신경쓸 일은 아니었다. 그보다는 오히려 그녀들의 목소리를 제외하면 희한할 정도로 조용하다는 게 더 인상적이었다. 근처 버스정류장엔 줄이 길게 늘어서 있었고, 많은 사람들이 끊임없이 사당역을 드나들고 있었다. 꽤나 붐비는 거리임에도 상대적으로 너무 조용했던 것이다.

'뭐 이렇게 썰렁하나……'

나는 마지막 조각을 입에 털어넣고 손에 남은 기름기를 닦아냈다. 비가 부슬부슬 내린 어젯밤, 이곳은 시외로 가려는 총알택시들이 길게 늘어서 있었다. 여기저기서 토하는 취객들과 어디까지 가느냐고 소리치는 기사들을 볼 수 있었다. 우산 속에서 실실거리던 촌스러운 연인들까지. 하지만 뭐니뭐니해도 사당의 명물은 한밤중의 총알택시나 미적지근한 불륜이 아니라 끊임없이 여기저기로 이어지는 아침의 출근줄일 것이다.

그녀들이 먼저 자리를 털었고, 뒤이어 나도 그 대열에 합류했다. 끊길 듯 끊길 듯 굽이굽이 이어진 출근줄은 사당역까지 연결되어 있었다. 토스트 값을 치르고 자연스럽게 딸려가니 어느새 2호선 플랫폼에 이르렀다. 언제 교통카드를 찍었는지도 모를 정도였다고 하면 아무래도 좀 과장일까.

땡땡 신호가 울리고 열차가 들어오자, 사람들은 일제히 하나의 대열로 움직였다. 혼란스럽고 정신없는 가운데서도 묘하게 적막했다. 역내방송만이 요란하게 곧 열차가 출발할 것임을 알렸다. 나는 다음 열차를 탈 생각에 한 발 뒤로 물러섰다. 사실 충무로로 가려면 4호선 플랫폼으로 갔어야 했다.

'지금쯤 출근해야 할 텐데.'

분주한 지하철 탓인지 모텔방의 그녀가 떠올랐다.

'하긴, 이 전쟁통엔 마주쳐도 알아보지도 못하겠다.'

짧고도 긴 탑승시간이 끝나고 일제히 문이 닫혔다. 여기저기서 열차에 탄 무리와 탈락한 무리가 갈려나갔다. 일단 뒤로 비켜서긴 했지만, 사람들이 계속 몰려오는 한 탈 엄두가 나지 않을 듯했다. 그때 어디선가 웅성웅성 유난히 시끄러운 소리가 들려왔다.

"어떤 새끼가 밀었어."

하나둘 뒤로 물러서는 사람들 사이로 한 남자가 보였다. 은회색 정장을 입은 남자. 그는 무슨 일인지 열차가 떠난 플랫폼에 주저앉아 있었다.

"어떤 새끼가 밀었어."

남자는 계속 같은 말을 반복했다. 주변 사람들이 요란을 떠는 그에게서 비켜서 있었기 때문에 나는 비교적 자세히 그 모습을 볼 수 있었다. 대충 내 또래였다. 아무래도 사소한 사고가 있었던 모양이었다.

몇몇 사람들이 그를 일으키려 손을 내밀었다. 하지만 오히려,

"놔요. 됐어요."

그쪽에서 짜증을 냈다. 사람들은 무례한 남자에게 혀를 찼고, 새로운 열차가 들어오자 자연스레 사라져갔다. 서너 차례의 열차가 지나간 다음에야 남자는 툴툴거리는 것도 지쳤는지 입을 다물었다. 그는 바닥에 주저앉은 채 휴대폰을 꺼냈고, 뭔가를 체념한 듯 크게 한숨을 쉬었다. 제풀에 지친 모양이었다. 이제 그만 일어서려 하는데도 그마저 여의치 않아 보였다.

"이봐요."

하필 그는 뒤로 비켜나 있던 나를 불렀다. 뒤에서 몰래 그가 하는 양을 지켜보고 있던 터라 뜨끔했다.

"왜요?"

"왜긴…… 이거 봐요, 이거."

그는 툭툭 자신의 복사뼈를 건드렸다.

"삔 거 같아요, 이거."

"아, 네."

나는 다가가 그를 일으켰다. 사람들이 쳐다보는 것 같아 쑥스럽기도 했다. 하지만 그가 아까 다른 사람들한테 하던 짓을 나한테까지 하진 못할 거라는 생각이었다. 내 경우엔 자기 쪽에서 먼저 손을 내민 것이니까.

다시 새로운 열차가 들어왔고, 나는 가까운 벤치에 그를 앉혔다. 왁스를 발라 모양을 낸 헤어스타일에 여자마냥 관리된 피부를 보니 왠지 곱상해 보인다고 할까, 나보다 어릴지도 모르겠단 생각이 들었다. 이 녀석도 출근줄에 휩쓸린 모양이었다.

"어떤 놈이 민 것 같아요."

하지만 튀어나오는 말은 여전했다. 무슨 대꾸라도 기대한 걸까, 그는 나를 빤히 바라봤다.

"아까 열차가 들어오는데 누가 뒤에서 밀더라고요. 다행히 떨어지진 않았지만…… 씨발, 누군지 놓쳤어요. 뒤에 있던 그놈 같은데, 사람들이 하도 몰리는 바람에……"

누군가 고의로 그를 밀었다는 거였지만, 어쨌든 들어줄 만한 얘기는 아니었다. 무엇보다 아침부터 사당에서 어슬렁거릴 이유가 없었다. 적당히 눈치를 보다 자리를 떴어야 했다.

"그럼 전 이만."

하지만 나는 미처 움직이지 못했다. 딱히 급한 일도 없는데다,

"잠시만요."

그가 말을 이어갔기 때문이다.

"네?"

"바빠요?"

"그럼요. 지금 몇신데……"

기껏 거짓말을 했지만, 그는 상관하지 않고 휴대폰만 바라봤다. 주저앉아서도 계속 쥐고 있던 휴대폰이었다.

"잠깐만요."

그는 어디론가 전화를 하더니 침착하게 상황을 설명했다.

"여보세요?"

"여기가…… 여긴 사당역이요. 네, 출근하던 중이었어요."

아무래도 회사인 것 같았다. 갑자기 출근을 못하게 됐다, 뭐 그런 얘기가 아닐까.

"그렇지 않을까요? 네, 오후에."

"네, 그럼."

"………"

"거 참 말 많네."

휴대폰을 집어넣으며 그는 짧게 구시렁댔다. 그리고 나를 위아래로 훑어보고는 씩 웃었다.

"근데 진짜 바쁘세요?"

"네."

어차피 거짓말이든 아니든 상관없는 시간이었다. 나는 벤치에서 일어나지 않았고, 그때부터 그는 이것저것 내게 물어보기 시작했다.

열차는 정기적으로 드나들었다.

"그래서 줄창 걷기만 하고 아무 일도 없다고요?"

내 얘기를 다 들은 그가 태연하게 말했다.

"누구 하나 찍어 따라가는 거야, 뭐 재밌을 수도 있겠네요. 아이디어가 터질 수도 있고…… 의외의 수확이랄까, 그런 게 있을 수도 있고요. 일종의 스토커 같은 건가요?"

"게임이라고 해두죠."

"어쨌든 지금까진 별로 알아낸 게 없네요?"

"네."

"그 사람이 물먹인 것일 수도 있고 말이죠."

그는 면접관처럼 이것저것 깐깐하게 따졌다.

"그 사람, 어떤 사람인가요?"

"구멍가게 주인이고, 음…… 멀쩡한 이름도 있고요."

"그게 다예요?"

"별로 알아보질 않았어요. 굳이 그런 것까지 알 필요도 없을 것 같고. 어린애들 탐정놀이 하는 게 아니니까요."

"왠지 체계적이지 않은데요?"

"취미로 하는 거라…… 그런 것까지 일일이 조사하면 재미없죠. 겉만 보고 알아내야지."

"에이, 시시하네."

그는 김빠진다는 듯 웃었다.

"왜 그런 것 따위에 신경쓰는 거예요? 그 나이에 한가할 여유가 없을 텐데…… 요즘 뉴스 안 봐요?"

나는 대답하지 않았다.

"주변에 아는 사람 있어요?"

"네?"

"그러고 사는 거 말예요. 식구들이라든가, 애인이라든가."

그는 조심스럽게 다친 발을 까딱거렸다.

"여자친구는 알죠."

"아, 거북이. 같이 산다고 했죠?"

"네."

"전 작년에 헤어졌는데."

"……?"

"저도 같이 살았었거든요."

"아, 네."

"이상하게 그 녀석이랑은 말도 잘 통하고 취향 같은 게 잘 맞았었는데…… 원래 확 꽂히고 그런 것보다, 뭐랄까, 취미 같은 게 비슷한 커플이 오래가잖아요?"

"그럴 수 있죠."

"근데 이상한 건, 그렇게 서로 짜증내는 일 없이 죽이 잘 맞다가도 어쩌다 한번 싸우면 화해를 못하겠더라고요. 따지고 보면 별로 대단한 일도 아닌데…… 어떨 땐 뭣 땜에 싸웠는지 이유도 잘 모르겠고 말이죠. 원래 그런 관계가 있나봐요."

그는 씁쓸하게 웃으며 입맛을 다셨다.

"어느날 기억도 안 나는 어떤 일로 싸운 뒤로는 서로 연락 안했어요. 잠깐 화가 나서 집을 나간 줄로 알았는데, 어이없지만 그게 마지막이었죠. 정말이지 한번 쎅스를 하면 온몸이 다 젖을 정도로 — 저흰 같이 살았어도 에어컨 때문에 모텔에 자주 갔거든요 —

어쨌든 너무 더웠으니까 거의 이맘때였는데…… 하여간 그땐 정말 어이없었죠."

"서로 연락이 끊겼다고요?"

"몇번 연락해보긴 했는데, 자꾸 안 받으니까 저도 포기해버렸어요. 어차피 더 해도 받지도 않을 것 같았고요."

"아, 네."

밑도끝도없이 그의 연애담을 들어버렸다. 그제야 억지로라도 자리를 뜨지 않은 게 후회됐다. 따분해질 것 같은 예감. 러브스토리가 끝난 다음엔 그의 취직 성공기가 이어졌다. 실연을 당한 뒤 더욱 사리에 밝아지고 현실적이 되었다는 어처구니없는 이야기였다. 그는 보기보다 아는 게 많았고, 아는 만큼 말도 많았다.

"그런 걸 맨체이싱 게임이라 그래요."

그는 실실거리며 말했다.

"맨체이싱?"

"잘 모르는 사람을 관찰하고 쫓는 게임 말예요. 현실에 가깝게 맞히는 사람이 이기는 거죠."

"아……"

열차는 꾸준하게 드나들었다. 남자와 한가로이 얘기하는 사이 플랫폼은 한결 한산해졌다. 하나둘 다들 사라져갔다.

"그나저나 아까 어떤 새끼가 밀었어요."

대화는 때로 원점으로 돌아갔다.

"분명히 봤어요."

그리고 어느덧 출근시간도 끝나갈 무렵, 예기치 않게도 어젯밤의 그녀를 다시 볼 수 있었다. 얼마 전까지만 해도 같은 침대에 누워 있던 얼굴이 건너편 플랫폼에 나타난 것이다. 얼마간 떨어져 있어서 확실하진 않았지만, 방금 샤워하고 나온 듯 젖은 머리카락이 꽤나 말끔해 보였다. 얼굴을 보니 자연스레 목소리가 떠올랐다. 어젯밤 우리는 뭔가를 진지하게 토론했었다.

"안 그래도 혹시나 밀려 떨어질까, 항상 주의하고 있다고요. 예전에 어느 만화에서 봤는데, 『20세기 소년』인가, 아마 그 비슷한 걸 거예요. 알게 모르게 불특정다수에 대한 테러가 많다더라고요. 홈리스한테 독극물이 든 주스를 준다거나 바람피운 여친한테 염산을 뿌린다거나 말이죠. 아니면 출근길에 이런 플랫폼에서 아무나 툭 밀어버린다거나…… 하여간 미친놈들이 참 많죠."

그녀는 벤치에 앉아 있는 나와 정면으로 마주하고 있었다. 나는 손을 흔들까 하다가 괜히 머쓱해 가만있기로 했다. 왠지 아침부터 누군가와 함께 있는 게 창피했다.

"UFO 믿어요?"

"네?"

곧 열차가 들어왔다 사라졌고, 그 잠깐 사이 그녀는 사라졌다. 너무 쉽게 보낸 것 같아 아쉬웠지만, 사실 그녀가 나를 알아봤는지 아닌지조차 확신할 수 없었다.

"UFO 말예요."

"아뇨."

나는 피곤한 척 길게 하품했다.

"생각해보면 참 더러운 별 아네요?"

남자는 다친 발을 까딱거리며 그렇게 빈정거렸다.

찜질방 남자

개 몇 마리가 나를 보고 짖었다. 몇몇은 꾸벅꾸벅 졸고 있었다. 우리는 애견쎈터로 가득한 거리를 지나며 반대편에서 오는 행인들과 스쳤다. 대한극장 앞에는 곧 개봉할 예정인 「다크나이트」와 관련된 이벤트가 펼쳐지고 있었다. 조커 코스튬을 한 남자 아르바이트생들이 징그러운 쇼를 하고 있었다. 파라솔 아래서 커피를 마시고 있던 어떤 여자는 이벤트를 바라보며 한심하다는 듯 고개를 저었다.

퇴근시간이라기엔 너무 이르고 낮잠을 자기도 애매한 오후 다섯시 즈음의 충무로였다. 하루에 여섯 번 하는 영화라면 네번째 상영을 앞두고 있을 시간이었다. 나는 개봉예정작들을 보며 텅 빈 객석을 떠올렸다. 나 혼자뿐인 것이 씁쓸하고 우스운 공간, 인기없는 영화가 시작하기 직전의 막 어두워져가는 순간 말이다.

"무슨 생각 해요?"

내 옆에는 거북이가 걷고 있었다.

"아까 안 좋은 꿈을 꾸었거든."

"그래요? 심심한데 잘됐네요."

우리는 충무로역으로 내려갔다. 어느 맑은 날 오후, 악몽 때문에 낮잠이 깨 막막하던 참이었다.

"보이죠?"

평촌역 3번 출구로 나오자 정면에 주황색 건물이 보였다. 찜질 방은 그곳 십층부터 꼭대기인 십삼층까지를 차지하고 있었다. 십 삼층은 찜질방의 스카이라운지로 이용되는 외부 옥상이었다.

"저기?"

"저기가 유명하더라고요."

말은 그렇게 하면서도 그녀는 실망한 표정이 역력했다. 생각보다 별로냐고 내가 물었지만, 그녀는 대답은 생략하고 허튼소리만 했다.

"하긴 땀 내는 게 중요한 건 아니니까요."

충무로에서 그곳까지 가는 데는 삼십분이 넘게 걸렸다. 집에서부터 계산하면 이래저래 한 시간 남짓한 시간이었다. 나는 굳이 이렇게까지 올 필요가 있나 싶었지만, 괜히 따지지는 않았다.

"비가 되게 안 오네."

대신 주황색 건물 너머로 하늘을 바라봤다.

"은근히 기다리나봐요?"

"뭐 덥기도 하고."

비는 종종 내렸지만, 아침부터 시작된 날은 없었다.

우리는 싸우나와 이상한 콘셉트의 방들을 차례로 드나들었다. 마침내 식혜를 사들고 감자팩을 준비하고 있는 어떤 커플 옆에 퍼질러 눕자, 대형 텔레비전에서 8시뉴스가 시작됐다.

'하긴 땀 빼는 거 말고 뭘 하겠나.'

뉴스가 맘에 안 드는지 누군가 케이블로 채널을 옮겼다. 대부분은 누워 있었고, 몇몇 어린 학생들만이 홀 중앙에 무리지어 괴상한 게임을 하고 있었다. 그외에는 대체로 조용했다. 괜히 왔다갔다 어슬렁거리는 사람들, 구석에 드러누워 만화책을 쌓아두고 읽고 있는 깡마른 여학생 정도였다. 시간이 천천히 흘렀다. 거북이는 흰 수건을 뒤집어쓴 채 내 옆에 누워 있었다. 문득 그녀는 왜 부코스키 따위에 관심을 가졌을까 궁금했다.

열시가 넘어 우리는 보석방이란 곳으로 들어갔다. 보석방은 히브리어로 '신의 땀방울'이란 뜻을 가진 어떤 돌덩이를 중심으로 아홉 가지 희귀보석들로 꾸민 방이라고 했다. 출입문에 붙어 있는 포스터에는 '천연보석에서 나오는 기운이 당신과 우주를 하나되게 하리라'라는 엉뚱하고 촌스럽기까지 한 문구가 씌어 있었다.

"찜질방 남자 얘기 알아요?"

"응?"

우리가 구석에 자리를 잡고 누운 지 삼사분 정도 지났을 때였다. 흰 수건을 뒤집어쓴 채 거북이가 입을 열었다.

"한 소년이 있었어요. 서른살 소년."

"또 뭔 소리야? 그리고 서른살인데 왜 소년이야?"

"일종의 비유예요. 서른살까지 부모의 둥지에서 아무 개념 없이 살았던 남자. 아마 그래서 아직 소년일 거예요. 서울에 있는 대학을 나오고, 멜버른이나 밴쿠버로 일년짜리 어학연수를 갔다 오고, 집에서 용돈을 받고…… 직장을 구하는 둥 마는 둥 하며 일반적인 삶이 나라는 인간과 과연 어울릴까 입으로만 고민하던 남자. 얘기의 주인공은 이 남자예요."

나는 잠자코 누워 있었다. 그녀는 말을 이었다.

"어느날 우연히 수면제가 든 껌을 씹고 잠든 남자는 몇날 며칠을 잠만 자게 돼요. 사실 중간에 깜박깜박 깨긴 하지만, 그냥 주위도 어둡고 해서 깼다가도 또 자고 다시 또 자고 그랬던 거죠. 부모님은 얼마 전 후꾸오까로 온천여행을 떠난 상태였고."

"근데……"

"왜요?"

"수면제는 뭐야? 수면제가 든 껌을 씹었다며."

"아, 그건 어쩌다 얻은 거예요. 밤새 술을 먹고 집으로 돌아가다가 아침에 지하철에서 어떤 여자를 만났는데, 그 여자가 건넨 껌이었죠. 길 가다 모르는 사람이 준 거라 처음엔 남자도 괜히 의심하고 먹지 않는데, 왜 요즘엔 불특정다수에 대한 테러 같은 것도 많으니까요…… 하지만 결국은 먹어요. 여자가 자기한테 작업을 거나, 뭐 그렇게 착각해서. 사실 수면제가 들어 있으리라곤 상상도 못했겠죠, 상식적으로."

"좀 말이 안되는데?"

"뭐가요?"

"아냐, 됐어. 아무튼 처음 본 여자가 준 껌을 씹고 집에 와서 잠들었다?"

"네, 술김에."

"계속해봐."

"하여간 온갖 악몽을 꾼 뒤 남자는 깊은 잠에서 깨어나요. 실은 너무 배가 고파서 깬 거였지만, 그때까지만 해도 꿈이 생생하게 아른거릴 정도로 멍멍했죠. 이상한 사무실에서 입만 살아 있는 늙은 이들이랑 다투던 꿈이었거든요."

"……악몽이네."

"그건 중요하지 않아요. 악몽은 아무 때나 꿀 수 있으니까. 아무튼 그렇게 눈을 떴는데, 사방이 어둡고 조용한 게 며칠이 지났는지도 모르겠는 거예요. 그냥 한숨 잔 거 같으면서도 굉장히 오랫동안 이러고 있던 것 같은…… 원래 마냥 자다 깨면 그런 거 잘 모르잖아요? 하여간 비몽사몽간에 목이 말랐던 남자는 냉장고 앞에 멍청히 서서 찬물을 마시는데, 갑자기 벨이 울리고 전화 한통을 받게 돼요. 그리고 놀라운 소식을 듣게 되죠. 자신이 잠든 지 무려 삼일이나 지났다는 것, 그리고 그사이 매스컴에서 떠들썩했던 캄보디아 비행기 사고로 부모님이 둘 다 죽었다는 거였죠."

"오호."

"얘기는 이제 시작, 중요한 건 여기부터예요. 부모가 한방에 다 죽은 것도 충격인데, 문제는 날이 갈수록 심각해지죠. 우선 부모님은 일본에 갔던 게 아니었잖아요? 캄보디아의 국내선 비행기에서 죽었거든요. 남자는 부모님이 왜 캄보디아까지 갔는지, 그리고 왜 자기한테 거짓말을 했는지 알 수 없었죠. 그것이 첫번째 의혹이었는데, 더 큰 문제는 그것을 고민할 틈도 없었다는 거예요. 더욱 절실한 문제가 연달아 터졌거든요. 경제적인 부분에서. 사실 이 남자에겐 부모의 재산을 관리할 능력조차 없었던 거죠. 늘 부모와 같이 살아왔고 의지해왔으니까. 이런저런 일들이 연쇄적으로 일어나고, 알 수 없는 계약을 들먹이며 밀려드는 사람들과 마주하게 되고, 결국 남자는…… 믿기 어렵지만 거의 파산 지경에 이르게 돼요."

말도 안돼, 그 부분에서 나는 코웃음을 쳤다.

"애를 써보지만 결국 몇달 만에 집까지 팔게 되죠."

"현실적으로 말이 안돼. 변호사 같은 게 있을 거 아냐."

나는 따졌다.

"그런 쪽 잘 알아요?"

"뭐?"

"법이나 자산관리나, 뭐 그런 쪽."

"난 잘 모르지."

"그럼 가만있어요. 진짜 얘긴 여기부터니까."

"글쎄……"

"어느정도 가능한 얘기일 수도 있어요."

"어느정도?"

"하여간 남자는 얼마간의 돈이 든 카드 하나만 달랑 가진 채 집을 나가요. 어슬렁어슬렁 주인 잃은 강아지처럼 밖을 돌아다니게 되죠. 믿을 수 없을 정도로 순식간에 인생이 틀어져버린 거예요. 부모의 둥지에서 알바 한번 제대로 안해봤던 서른살 소년은 어떻게든 그때부터 하루하루가 급했고, 결국 모텔 같은 데를 전전하게 돼요. 아는 수준에서 갈 데라곤 옛날에 여자들이랑 자러 가곤 했던 모텔밖에 없었던 거죠. 거기다 이래저래 얼굴도 몰랐던 친척들한테 불려다니고 무시당하고, 뭐 여러가지 자잘한 일들을 겪기도 해요. 현실이란 만만치 않았죠. 또래 친구들을 만나서 앞으로 어떻게 살까 궁리해보기도 하지만, 자신은 이미 친구들과는 너무나 다른 길을 걷고 있다는 것만 새삼 깨닫게 될 뿐이에요. 늦게나마 뭐가 잘못된 건지 이유도 모르면서 모멸감을 느끼지만, 어쩔 수 없는 서른살 소년이었던 거죠."

"왠지 내 얘긴데?"

그녀는 힐끗 나를 바라봤다.

"계속해봐."

"이 남자는 단지 원래 살던 대로 계속 살고 싶은 거예요. 현실이란 배워야 할 것도 많고, 인맥이나 통장도 관리해야 하고, 쓸데없이 복잡해만 가는 것일 뿐이었죠. '그냥 안 벌고 안 쓸 순 없나?' 이런 식의 초딩 같은 생각만 반복하던 남자는 결국 '지금 갖고 있는 이 돈이 떨어질 때까지만 살겠다!'라는 멍청한 결심에 이르게 돼요. 그런 씸플한 미래를 계획한 건 어느날 오후 사당의 모텔방이었는데요, 그날따라 하루종일 내리던 비도 그런 비현실적인 결정에 한

못한 거였죠. 하여간 겨우 비가 그친 그날 밤, 지나치게 비장했던 마음도 다소 풀리고 다시 머리가 돌아가기 시작해요. 아무리 봐도 이 정도 재산으로는 계속 이런 데 짱박혀 살 수 없단 계산이었죠. 결국 살아가려면 직업을 찾아야 했지만, 알바 한번 해본 적이 없는 남자가 내린 결론은…… 바로 찜질방이었어요.”

“싸니까?”

“빙고. 그때부터 남자는 돈이 떨어질 때까지 찜질방에서 살게 되는 거예요. 매달 정액을 끊고는 알바도 안하고, 아무데도 가지 않고, 매일매일 그곳에서 하루를 보내면서. 아무리 거덜났다 해도 명색이 부모가 남긴 돈인데, 찜질방 요금 몇년쯤 끊을 돈이야 충분했죠. 외출하고 싶으면 프런트에서 체크만 하면 됐고, 공간도 넓고 사람도 많으니까 눈치볼 것도 없고, 그야말로 남자는 평화로운 보금자리를 찾은 거였죠.”

순간 시원한 바람이 살랑 불어왔다. 누군가 보석방으로 들어온 것이었다.

“그래서 찜질방 남자?”

“네, 잔고가 바닥날 때까지 찜질방에서 살다 죽겠다는 남자.”

“씨스템이 싫어서?”

“씨스템이 좋고 싫고 간에 자기가 못 끼는 거겠죠.”

“어쨌든 그게 다야?”

“아뇨, 이제 시작이에요. 근데 그렇게 찜질방에 살게 되면서 남자는 이상한 일들을 겪어요. 아무래도 하루종일 같은 곳에만 있다

보니 자연스레 여러가지 소문을 듣게 된 게 시작인데요, 이런저런 소문들…… 정말이지 말도 안되는 것들 말예요. 커플들이 주로 어느 토굴에서 손장난을 치네, 언제부턴가 수상한 변태가 나타났네, 뭐 그런 시답잖고 유치한 것부터 누가 바람을 피운다든가, 여기 사장이 감방에 갔다든가 하는 얼토당토않은 것까지…… 마치 화장실 낙서처럼 말예요. 어떨 땐 당연하게 어떨 땐 시시하게 넘기면서 시간은 흘러가요. 그렇게 남자는 어느덧 근 일년을 찜질방에서 생활하게 되고, 그때는 이미 그곳에 떠다니는 소문에 대해선 거의 모르는 게 없는 상태가 되죠. 심지어 자주 오는 회원들의 사소한 비밀이나 의외의 사연까지 자기도 모르는 새 머릿속에 담겼으니까요."

"흠……"

"그러던 어느날 남자는 누군가가 찜질방에 살고 있다는 소문을 들어요."

"지 얘기네?"

그렇게 말할 줄 알았다는 듯 거북이는 비웃었다.

"노, 노. 남자도 처음엔 자기 얘기인 줄 알고 당혹스러우면서도 우쭐해했는데요, 알고 보니 정황상 자기일 수가 없는 거예요. 여러 모로 따지고 보니 말예요."

"그럼……"

나는 다시 무슨 말인가 하려 했지만, 그녀는 듣지 않고 내 말을 잘랐다.

"네, 그뒤로 남자는 좀더 귀를 기울이고 찜질방을 돌아다니는

데, 수소문 끝에 결국 자기가 아니라 어떤 다른 사람의 얘기라는 걸 확신하게 돼요. 일단 소문들이 하나같이 자기가 벌일 수 있는 짓의 범위를 벗어나 있었거든요. 일일이 얘기하자면 너무 길어지니까, 이건 그냥 패스할게요. 어쨌든 이건 남자에게 꽤나 쇼킹한 사건이었어요. 왜냐면 그동안 남자는 이 찜질방에 관해선 뭐든 알고 있다고 자부하고 있었으니까요. 물론 남들이 볼 땐 바보 같은 자존심 싸움에 불과했지만. 어쨌거나 남자는 그때부터 찜질방에 자기가 모르는 사람이 살고 있을 리 없다며 그 사람을 찾아다녀요. 하지만……"

"하지만?"

"네."

"혹시 또 결국 찾고 보니 자기 자신이더라, 뭐 그런 스토리 아냐? 분열된 자아니 정체성이니 하는……"

"아뇨, 분명 다른 사람이 존재했어요. 언제 어디에 나타났다더라, 어디서 무슨 짓을 했다더라…… 소문은 점점 불어가는데, 다만 남자가 아무리 눈에 불을 켜도 찾을 수 없을 뿐이죠. 남자는 녀석이 또다른 '찜질방 남자'일 거라 확신하지만, 녀석의 정체는 끝내 미궁에 빠져버리고—이 과정도 시간상 생략하도록 하죠—끝끝내 둘은 만나지 못해요."

"비극이네."

"그런가요?"

"아무래도."

"음…… 하지만 그 와중에 남자는 몇몇 새로운 사실을 알게 돼요. 그중 하나는 녀석이 이 찜질방에서 자기보다 더 오래된 사람이 란 사실이었죠. 이 한정된 공간에서 정체를 숨길 수 있을 만큼 이곳을 잘 아는 사람, 심지어 자기 자신보다도 말예요."

"뭔 얘길 하고 싶은 건지 통 모르겠다. 그래서 요점이 뭐야?"

"남자는 결국 또다른 '찜질방 남자'를 찾는 데 실패하는데, 장고 끝에 사실은 그 소문 자체가 아주 오래된 것일지도 모른다고 생각하게 돼요. 소문이란 게 원래 발 없이 돌고 도는 것, 말이 말로 이어진 것이잖아요? 그러니까 아주 오래전 모든 게 쓸려가고 남은 흔적─요컨대 '찜질방 남자'는 그 자신의 선배─일명 올드보이였어요. 이미 오래전에 돈을 다 쓰고 죽은, 과거의 남자였죠."

"그러니까 그 유령 같은 찜질방 남자, 일명 올드보이가 주인공 남자의 선배였다, 그런 얘기야? 그 올드보이가 주인공 남자의 과거 이자 미래를 보여주는…… 뭐, 그런 건가?"

"거의 맞아요."

거북이는 다소 토라진 목소리로 말했다.

"대충 알겠어. 씁쓸하고 뻔한 얘기네."

"뻔한 얘기, 또 한편의 절망에 관한 노래죠. 그게 끝이었다면."

"아직도 안 끝나?"

"정작 놀라운 사실은 그 남자를 인생의 선배로 인정하고 되짚어 보는 과정에서 나타나요. 사라진 올드보이에게 경의를 표하듯 소 문을 채집하던 와중에 말이죠."

"………"

"그것은 바로 찜질방 남자가 굉장한 육체의 소유자였단 사실이에요. 이유인즉슨, 몇년이나 각종 약재와 보석에 둘러싸인 방에서 지내다보니 몸에 놀라운 변화가 생긴 거죠. 몸짱이니 스태미나니, 이런 거 다 상관없이 한마디로 엄청나게 건강한 사람. 현대의학이나 보양식, 요가 따위의 도움 없이도, 그야말로 우주의 기운을 받은 건지 자연의 기적인지, 과학적으로 봤을 때도 완전무결하게 건강한 인간이 돼버린 거예요. 그런 사람이 존재한다는 게 믿기지 않을 정도로 말예요. 다 찜질방의 신비한 에너지 덕분이었죠."

"........."

"이십일세기의 키워드 중 하나가 '건강'이란 사실을 상기해보면 이건 꽤나 의미심장해요. 과학도 신앙도 아닌, 바로 찜질방의 힘으로 그 건강을 정복한 셈이니까요."

다행히 보석방엔 아무도 없었다. 누군가 있었다면 창피했을 것이다.

"그래서 그 찜질방 남자도 언젠가 그렇게 변할 거라는 거야?"

"촌스럽긴."

"별로 궁금하지도 않아."

"이건 일종의 성장통에 관한 얘기예요."

"성장통?"

"되새겨보면 그래요."

"그 남자, 민호일 거야."

나는 농담했다.

"누구요?"

"있어. 민호라고."

거북이는 뾰로통한 표정으로 주변을 둘러봤다. 우리는 삼십분 넘게 온갖 보석의 기운을 받은 상태였다. 그렇게나 떠들고 목마르지도 않나 싶었는데, 역시나 그녀는 잠시 후 아무 말 없이 보석방을 나갔다. 뒤이어 내가 따라나갔을 때는 여성전용공간으로 갔는지 이미 보이지 않았다.

'찜질방 남자라니……'

혼자 시간을 보낼 곳을 찾던 나는 양기 생성에 좋은 약초를 깔았다는 녹림방으로 들어갔다. 그리고 아무도 없는 새벽의 녹림방에서 눈을 감고 있다가 어느새 깜박 잠이 들었고, 그때부터는 깨다가 잠들기를 반복했다. 그러다 문득 가뜩이나 독특한 약초의 향에 이상한 냄새가 섞여 있다는 걸 깨달았는데, 아까 들은 얘기 때문에 떠오른 꿈 같기도 하고 피곤해 그런 것 같기도 해서, 정체를 밝힐 새도 없이 곧 다시 잠들고 말았다.

민호

ILL MATIC ♡
ASSSS OUTTT

낙서는 그대로였다.

'죽여주는 물건, 파산…… 그 틈새엔 사랑?'

나는 새로운 낙서가 없나 훑어보며 걸었지만 별다른 걸 발견하지 못한 채 집앞에 다다랐다. 하지만 말 그대로 문고리를 잡기 직전 맘이 변했다. 좀 걷고 싶었다.

'오늘도 허탕친 건가?'

터무니없이 이른 시간이었다. 기상청의 예보와는 많이 달랐던 것이다. 나는 애들처럼 탁탁 우산을 퉁기며 천천히 골목을 내려갔다. 순대를 팔던 노점상은 며칠째 문을 열지 않았다. 아예 장사를 접었나? 일본으로 간 걸까? 그간 별 관심도 없었지만, 왠지 좀 안타깝다는 생각이 들었다. 천막 한구석에는 재활용쓰레기로 버리기 위해 모아놓은 깡통들이 잔뜩 쌓여 있고, 여기저기 빗물이 고여 있었다. 문득 그때의 늙은 개도 버려졌을지 모른다는 생각이 들었다.

나는 조금 더 걷기로 했다. 다시 해가 뜨고 있었다. 아침부터 내리기 시작한 비는 오전 아홉시를 넘기자 갑자기 그쳤고, 덕분에 부코스키와 나는 일찌감치 귀가를 서둘러야 했다. 이러나저러나 더 더야 할 길은 한결 더 선명해진 셈이었다.

어슬렁어슬렁 걷던 나는 어느새 놀이터에 이르렀다. 자연스레 입구를 통과해 그네 쪽으로 발을 옮겼다. 비가 그치자마자 나온 걸까, 미끄럼틀 근처엔 벌써부터 아이들이 여럿 모여 있었다.

'지금이 몇신데…… 학교 안 가는 날인가?'

그러고 보니 오늘이 며칠인지도 헷갈렸다. 이름없는 아이들은 미끄럼틀 근처에서 예의 서로 쫓고 쫓기는 놀이를 하고 있었다.

"야."

나는 지난번과 같은 그네에 앉았다. 민호는 이번에도 차지게 개어진 모래에 뭔가를 그리고 있었다. 시간이 천천히 흘렀다. 꽁초는 쌓여갔고, 아이들은 하나둘 집으로 돌아갔다. 더워서 그런지 딱히 돌아다니는 사람도 눈에 띄지 않았다. 이따금 장을 보고 오는 아줌마나 조깅을 하는 백수 따위가 보였을 뿐이다.

미끄럼틀에서 놀던 아이들이 떼지어 사라진 뒤에도 민호는 계속 자리에 남아 있었다. 한눈에도 이번에 그리는 낙서는 지난번과 달라 보였다. 이번엔 대형 하트였다. 나는 담배를 피우며 녀석이 그리는 꼴을 멍하니 지켜봤다.

태양은 슬슬 지난날의 위력을 되찾았다. 어느새 놀이터에도 음지와 양지의 경계가 뚜렷했다. 무료했던 나는 민호 옆에 앉아 이래저래 대화를 시도했다. 또래 아이들의 행동에도 무관심하던 녀석은 그림에 집중하면서도 내 말에는 일일이 대꾸해주었다. 괜히 입이 트인 나는 멍청해 보일 정도로 이 얘기 저 얘기 두서없이 끄집어내기 시작했다.

"우리 학교에도 비슷한 소문이 있었어요."

대략의 스케치가 완성됐을 때 민호가 말했다. 하트는 지난번 낙서처럼 촘촘하게 메워지고 있었다. 혹시 짝사랑하는 여자애의 이름이라도 쓰지 않을까 했지만, 녀석은 계속 하트에만 공을 들일 뿐이었다.

"소문?"

"비오는 날에만 나타나는 아저씨 얘기요. 한때 우리반에 유행이었는데…… 애들이 쉬는 시간마다 그 얘길 했었거든요."

요즘 같은 세상엔 의외로 그런 인간이 많은지도 모른다.

"그 사람도 비오는 날에만 나타난대?"

"네."

"원래는 뭘 하는 사람인데?"

"그건 모르쇠요."

"모르쇠?"

"복수를 위해 어떤 여자를 찾아다닌단 얘기도 있고요. 오래전 군대에서 너무 많이 맞아서 그렇단 얘기도 있고요. 하여간 꼭 비가 오는 날에만 여기저기서 사람들 눈에 띈대요."

"그거 혹시 귀신 얘기 아냐? 비가 오는 밤에만 나타나는…… 뭐 그런 귀신 괴담."

"화성연쇄살인도 비가 올 때만 일어났잖아요."

"그건 영화고."

"애들도 그 아저씨는 살인마 아니면 실업자일 거랬어요."

"살인마랑 실업자는 전혀 다른 거야."

"그래요?"

이 녀석이 알고나 떠드는 건가 의심스러웠다. 하트의 모양도 왠지 섬뜩해 보였다. 나는 녀석이 몇살인지 물어보려 했으나, 아이들

나이는 그게 그거 아닌가 싶기도 했다.

"자세히는 몰라요. 애들 소문 따윈 관심 없으니까."

민호는 으스대는 것도 풀이 죽은 것도 아닌 애매한 톤으로 말했다. 실컷 떠들고는 관심이 없다니……

"너 학교에서 왕따지?"

"네."

"그래도 친하게 지내야 돼."

"왜요?"

"버릇되면 어딜 가더라도 적응하기 힘들어."

민호는 까무잡잡한 얼굴로 씩 웃었다.

"그럼 어떻게 되는데요?"

나는 잠시 생각하다가, 딴엔 녀석의 수준에 맞춰 대답했다.

"뭐, 다른 별로 가야지."

어느덧 오후 한시가 넘어가고 있었다. 아까부터 마르기 시작한 모래가 웅덩이를 피해 군데군데 누렇게 제 빛깔을 드러냈다. 그만큼 놀이터는 뜨거웠다. 하지만 그네 위에 있는 나무에선 여전히 비 그친 뒤 특유의 풋풋한 냄새가 났다.

골목길엔 몇사람이 다닐 만한데도 오랫동안 사람 하나 보이지 않았다. 언제 나타났는지 누렁이 한 마리가 놀이터 근처를 어슬렁거릴 뿐이었다. 녀석은 지저분한 털과는 어울리지 않게 반짝이는 금빛 목걸이를 달고 있었다. 아무래도 주인을 잃은 지 얼마 되지 않아 쪼르륵 비를 맞은 모양이었다.

"오늘은 비가 일찍 그쳤는데……"

"맞아요."

나는 우산을 가장자리에 기대 세워놓고 담배를 꺼냈다.

"너 이대 알지?"

"이화여대요?"

"그래, 젊음의 거리."

그날 아침에도 부코스키는 여지없이 정각 아홉시에 출발했다. 그는 동대문운동장에서 2호선으로 갈아탔고 이대입구에서 하차했다. 언제나처럼 2호선은 녹색과 어울리지 않게 음울하고 혼잡했지만, 오랜만에 들른 이대 앞 거리는 잠시나마 반가웠다. 조그만 전철역을 나와 걸으면서 줄곧 여학생들의 우산과 부딪쳤지만, 그 정도는 번화가마다 익숙한 풍경이었다. 이대 정문까지 가는 동안 파라솔이 달린 리어카들 때문에 가뜩이나 좁은 보도가 더욱 비좁게 느껴졌다.

정문 앞에는 몇몇 사람들이 따닥따닥 붙어 누군가를 기다리고 있었다. 다들 여분의 우산을 든 채 휴대폰을 흘끔거렸다. 설마 교정으로 들어가나 싶었는데, 다행히도 그는 시장 쪽으로 발을 꺾었다. 의류시장을 빙 둘러 연대 방향으로 내려갔고, 신촌기차역 삼거리에서 횡단보도를 건넜다. 그리고 미용실 앞에서 얼쩡대는 것 같더니, 근처에 있던 알록달록한 파라솔 밑으로 슬그머니 들어갔다. 마실 거리를 파는, 거리에 널린 노점상들 중 하나였다.

부코스키는 우산을 접고 구부정하게 서 있었다. 마실 거리를 사기보다는 주인과 무슨 대화를 나누는 모양새였다. 무슨 꿍꿍이가 있겠나 싶으면서도, 나는 그가 물러선 뒤 적당한 시간을 두고 그곳에 들렀다.

"뭐라고 하던가요?"

"네?"

주인은 이십대 초반으로 보이는 여자였다.

"방금 왔던 아저씨 말예요. 저 사람이 뭐라고 했잖아요."

나는 그새 다른 노점상 앞으로 옮겨가 있는 그를 가리켰다. 그녀는 장난으로 아는지 빙긋 웃었다. 고개를 살짝 숙인 얼굴의 V라인이 언뜻 소라 아오이를 닮았다.

"안돼요, 그건. 저분 프라이버시도 있고."

"네?"

뭐든 사먹는 게 이야기가 빠를 듯했다.

"저거 주세요."

나는 바나나와 빨간 시럽이 섞인 '리얼 핑크'라는 이름의 주스를 주문했다.

"실은 저 아저씨, 정상이 아닌 것 같던데요? 이 동네에서, 그러니까 신촌에서 어디 떡볶이가 제일 맛있느냐고 묻더라고요."

"떡볶이요? 그게 무슨……"

그녀는 바나나 조각들을 꺼내느라 꾸물대며 말을 이었다.

"가뜩이나 이런 날은 장사도 안되는데 말예요."

"그게 아니라, 떡볶이라뇨?"

"이따금 잡지기자들이 그런 걸 물어보곤 해요. 길거리 맛집 기사 같은 거 쓸 때 있잖아요? 하긴 그래도 저 아저씨는 거의 교수님 뻘인데……"

그녀는 바나나 조각들을 믹서에 밀어넣었다. 버튼을 누르자, 바나나는 순식간에 으깨지며 하얗고 끈적끈적한 액체로 변했다.

"아무래도 수상하죠?"

곧 우유 반 컵과 빨간 시럽이 첨가되었다. 그녀는 다시 같은 버튼을 눌렀다.

"그래서 떡볶이는 찾았어요?"

민호가 물었다.

"물론."

나는 손가락으로 승리의 V자를 그렸다.

"어디였는데요? 젤 맛있는 데가?"

"결국 우리는 현대백화점 주차장까지 갔어. 이대에서 쭉 그 길로 내려가서 신나라레코드까지 갔거든. 가면서도 부코스키는 여기저기 노점상마다 들러서 같은 질문을 했고, 나는 일일이 확인하면서 거기까지 간 거야. 원래 그 근처 놀이터엔 떡볶이 가게가 많이 몰려 있거든."

나는 녀석이 알아듣든 말든 말을 이었다.

"하여간 부코스키는 그중 한 노점상으로 들어갔어. 처음엔 아까

112

처럼 어디가 맛있나 물어보러 간 줄 알았는데, 아예 자리를 잡고 앉더라고. 나는 그 아저씨가 떡볶이를 먹는 동안 건너편에서 기다렸고. 무슨 약국 앞인가 그랬을 거야."

"신촌에서 젤 맛있는 집은 거기였네요?"

민호가 약간 들뜬 목소리로 말했다.

"뭐 그런 셈이지. 그런 거야 아무래도 좋지만."

그리고 그가 느긋하게 떡볶이를 먹는 사이, 내가 약국 앞에서 머뭇머뭇 기다리는 사이 언제부턴지 모르지만 비가 그쳤다. 오는 둥 마는 둥 약해져갔는지, 갑자기 툭 그쳤는지는 빤히 봤는데도 기억할 수 없지만, 어쨌든 빗줄기가 사라진 신촌 거리는 한결 선명했다. 어젯밤 뉴스에선 오후 늦게야 그칠 거라고 했는데…… 문득 오늘도 이걸로 쫑이겠다는 생각에 허탈했다.

거리의 모습은 일제히 변해가고 있었다. 사람들은 하나둘 우산을 접었고, 누군가는 멀거니 하늘을 올려다봤다. 그새 눈치챈 걸까, 접시를 비운 부코스키도 천막 밖으로 손을 뻗어보더니 일어나 값을 치렀다.

"그러고는 어떻게 됐어요?"

"그담엔 여느 때랑 다르지 않아. 여기로 돌아온 거지. 원래 비가 그치면 바로 돌아간댔잖아? 매번 가는 곳은 다르지만, 그건 똑같은 룰이야."

"꼭 지렁이 같네요."

"그래, 지렁이. 하여간 오늘도 공친 거지 뭐."

민호는 나를 올려다봤다.

"공친 게 뭐예요?"

"공친 거? 아침부터 바리바리 도시락을 싸서 소풍을 갔는데, 갑자기 비가 와서 다 망쳐버린 거."

"그럼 아저씨는 담에 또 갈 거예요?"

"그렇지 않을까? 뭐, 알아낸 게 없으니."

민호는 나뭇가지를 내려놓고 자리에서 일어났다. 바닥엔 기묘하게 그려진 하트만이 남았다.

"알아낸 게 왜 없어요?"

녀석은 따지듯 구시렁댔다.

"떡볶이가 먹고 싶어 갔단 걸 알았잖아요."

내가 졌다.

"그건 오늘만 그런 거고. 종로나 여의도는 아니었잖아?"

"종로엔 짜장면이 먹고 싶어서 간 거고요."

"여의도는?"

"거긴 그냥 간 거죠. 왜 문득 한강이 보고 싶을 때도 있지 않겠어요?"

"하하, 그런 게 아냐."

나는 비웃었다.

"서점은 책이 보고 싶어서 간 거고요. 저도 구경만 하지 책은 잘 안 사거든요. 여자들은 가끔 그래요."

"이건 여자들 얘기가 아니야. 그리고 그런 건 맑은 날에도 할 수

있어. 굳이 비가 오는 날에 가게 문까지 닫아가면서 갈 필요가 없는
거지. 무슨 말인지 모르겠어?"

하지만 녀석은 알아듣지 못했다.

"저도 비오는 날에만 나와요. 비가 오고 나면 모래가 단단해지
니까."

"그런 게 아냐. 설명하자면 길어."

나는 그네에서 일어나며 담배를 꺼냈다.

"근데 아저씨, 몇살이에요?"

"누구? 부코스키?"

"아뇨, 아저씨요."

"나? 왜?"

"그냥…… 말이 잘 통해서요."

강아지들

이대 미행 이후 나는 줄곧 집에서 뒹굴었다. 거북이는 여전히 바
빠 보였다. 우리는 각자 할일을 했고, 일주일에 한번꼴로 쎅스를 했
다. 그녀도 취업 때문에 점점 지쳐가고 있었다.

"팔십팔만원 세대 얘기 알아요?"

"뭐 요즘 온통 그 얘기니깐."

"네, 근데 그 세대론에 대한 비판도 만만치 않다네요? 여기 보면……"

거북이는 모니터를 가리켰다.

"팔십팔만원 세대론은 서구에서 유행한 신좌파이론의 재탕 삼탕으로 요즘 세대의 실제와는 동떨어진 면이 많다. 사실 현재의 젊은 세대는 개인적인 꿈이나 여가 따위에 그다지 애착을 보이지 않는다. 오히려 통념과는 달리 이전보다 가족이나 사랑 따위의 고루한 가치에 더욱 비중을 두는 걸로 분석된다. 다음의 통계를 보면…… 헤이, 듣고 있어요?"

"그거나 그거나……"

나는 시큰둥하게 대꾸했다.

"왜 그렇게 매사 지겨워해요? 촌스럽게."

거북이는 윈도우를 닫으며 한마디 쏘았다.

"내가?"

"권태는 가장 촌스러운 감정이에요."

"………"

"근데 이거 봤어요? 주말부터 전국이 장마권에 들 거라네요. 여기 보면…… 남부 일부 지역에는 천둥번개와 돌풍을 동반한 강한 비가 내리는 곳도 있겠습니다."

왠지 우스웠다. 장마라면 굳이 비를 기다릴 필요도 없게 되는 것 아닌가. 게다가 원래 장마는 여름의 시작인데, 그럼 본격적인 여름은 아직 시작도 하지 않았다는 건가? 하지만 우스운 건 그 때문만은 아니었다. 매년 돌아오는 장마 씨즌의 무료함이 자연스레 떠올랐던 것이다.

뉴스에선 장마가 끝나면 본격적인 무더위가 시작될 거라고 했다. 밤이면 밤마다 말 그대로 열대야, 기상학적으로 한반도가 아열대로 변했다는 보도도 있었다.

"그건 음모예요. 그것도 아주 초보적인 전략이랄까? 정부에서 불안을 조장하는 거죠. 어차피 일반인들은 구분하지도 못하니까."

이상하게도 그녀는 점점 뉴스에 민감해지고 있었다.

"아열대가 되면 뭐가 안 좋은 건데?"

나는 적당히 대꾸했다.

"겨울이 사라지겠죠."

"그러면?"

"그럼이라뇨? 사계절이 사라지고 있다고요."

사계절이라니, 와닿지 않는다.

"뭐가 어떻게 달라진단 건지 솔직히 감이 안 와. 안 그래?"

"참 나, 언젠가 지금의 계절을 그리워하게 되지 않겠어요?"

예보는 적중했다. 마침내 뉴스에서 예고한 주말이 다가오자 프로야구는 줄줄이 취소됐고, 시원한 장대비가 쏟아졌다.

덕분에 나는 주말 내내 집을 비워야 했다. 이른 아침부터 보장슈퍼 건너편에 자리를 잡았고, 전봇대 옆에서 담배를 피우며 정시에 나타날 부코스키를 기다렸다. 덥고 습한 탓에 매번 간편한 반바지와 슬리퍼 차림이었다.

"차 조심하고, 점심 거르지 말고요."

예외없이 부코스키는 연일 가게 문을 닫았다. 토요일엔 삼성역 코엑스, 일요일엔 노원역 일대를 돌아다녔다. 장마의 시작을 기념하듯 비는 밤늦도록 그치지 않았고, 덕분에 우리는 막차시간까지 수능이 끝난 아이들처럼 밤거리를 쏘다녔다.

물론 달라진 건 없었다. 부코스키는 느릿느릿 우중충한 거리를 거닐었고, 나는 터벅터벅 그 뒤를 밟았을 뿐이다. 코엑스에 갔을 땐 반디앤루니스와 베트남쌀국수집에 들렀고, 노원역에선 현대백화점과 스타벅스를 거쳤다. 늦게까지 비가 계속됐기 때문에 우리는 고작 그런 곳에서 시간을 때울 수밖에 없었다.

요컨대 나는 내 역할을 했고, 부코스키는 부코스키의 역할을 한 셈이었다. 그가 맡은 역할이란 교보문고나 반디앤루니스를 돌아다니는 것과 비슷했다. 막연하게 찜해둔 책을 찾아 천천히 서점 안을 돌아다니는 것. 간혹 찾던 책을 찾으면 자리에 앉아 훑어보기도 하지만, 또다시 다른 책을 찾아 돌고 돌기를 반복하는 것. 그렇게 이름만 다를 뿐인 거리를 걷고 또 걸었던 것이다. 여전히 우리 사이엔 아무것도 없었다.

그러던 어느날 문자메씨지가 왔다.

내일이니 빠지지 말고 꼭 참석하세요.

예비군훈련 통보였다. 나는 메씨지를 삭제한 뒤 바로 현관 앞을 확인했다. 언제 쌓였는지 알 수 없는 전단지들과 각종 고지서들 사이에 훈련통보 엽서가 섞여 있었다. 다른 건 몰라도 예비군 햇수만큼은 제대로 기억하고 있었다. 이 짓도 올해로 육년차, 말하자면 의무의 끝이었다. 엽서를 보니, 장소는 구파발 근처였다.

훈련이야 늘 그렇듯 대충 진행됐다. 모든 게 정확했다. 그러고 보면 국가는 한번도 나를 배신한 적이 없었다. 하나 둘 하나 둘, 약속된 시간이 흘렀고, 다들 휴대폰을 보거나 M16을 만지작대거나 먼산을 바라봤다. 잠깐이었지만 점심식사 후 PX 진입을 기다리는 줄이 길게 늘어서면서 분위기가 깜짝 달아오르기도 했다. 다들 컵라면과 쏘시지, 포카리스웨트 따위를 한움큼씩 챙겼다. 뜬금없는 구매력, 마치 그동안 땡볕 아래 숨겨왔던 에너지가 분출한 것 같았다. 더운 탓에 유독 떠먹는 아이스크림이 인기가 많았다.

"자, 다들 집합해주세요. 이제 몇시간 안 남았습니다."

오후가 되자 훈련은 더욱 늘어졌다. 예비군이나 교관이나 다들 매가리가 없었다. 그렇게 무기력한 분위기가 퍼질 대로 퍼질 무렵, 눈치를 살피던 동대장이 설교를 늘어놓기 시작했다.

"여러분 대부분 비슷한 나이니까, 제가 충고 하나 하겠습니다. 어차피 이런 날씨엔 훈련보다 이야기가 시간이 잘 가요."

그는 어제도 그제도 했던 말을 또 하는 듯했다. 결국 돈 얘기였다. 요즘은 옛날과 달리 한국사회도 많이 투명해졌다, 그래서 머니를 비축하기가 더욱 어려워졌다, 본인도 전역한 뒤 동대장 자리를 따내는 게 쉽지 않았다, 이제는 여군까지 예비군 동대장 자리를 넘보고 있는 실정이다, 어디나 편하고 만만하다 싶은 곳엔 개미들이 몰려든다, 그나마 여러분은 젊어서 다행이다, 요즘 같은 때 나이 든 사람들은 더욱 일자리가 없다. 결국 젊을 때부터 통장을 관리하고 종잣돈을 만들라는 얘기였다. 무능할수록 재테크에 관심을 갖고 꼼꼼히 투자할 것. 또한 젊은 사람들이 자꾸 착각하는데, 꿈과 머니가 꼭 반비례하는 건 아니라는 식의 얘기도 했다. 어떤 분야든 마이너스가 되어선 안된다는 얘기도……

얼마쯤 지나 설교는 최근 자기가 아파트를 장만했다는 얘기로 넘어가 있었다.

"하지만 앞으론 어림도 없을 겁니다."

무슨 소린지, 그는 과장스럽게 혀를 찼다. 예비군들은 그의 얘기를 듣는 둥 마는 둥 연방 담배를 입에 물었다.

훈련은 다섯시가 넘어서야 끝났다. 퇴소식을 마치고 집에 돌아오니 거의 일곱시가 되어 있었다. 나는 땀에 젖은 군복과 군모를 벗어던지고 샤워기부터 틀었다. 그리고 어느정도 몸이 식자, 창밖으로 고개를 내민 채 종일 피운 담배를 다시 꺼내들었다. 훈련 도중 거의 한 갑을 피운 셈이었다.

의무의 끝? 와닿지 않는다. 나는 허공에 재를 떨었고, 빈 담뱃갑과 꽁초를 옆집으로 던졌다. 하늘엔 구름 한점 없었다.

"비가 안 오니 아쉬워요?"

노트북 앞에 앉아 있던 거북이가 말했다. 프린터 주변엔 이력서와 자기소개서 쌤플이 아무렇게나 널려 있었다.

"벌써 며칠째 아니에요?"

"삼일째."

"첨엔 쏟아지더니…… 어째 시들하네요."

나는 말없이 창밖을 내다봤다. 마침 개 한 마리가 터벅터벅 골목을 내려가고 있었다.

"하긴 장마라고 계속 비가 오는 건 아니니까요. 아무래도 만날 아침이어야 하는 게 문제네요. 사실 아침부터 비가 오는 날이 얼마나 되겠어요?"

선풍기가 삐거덕삐거덕 우리 사이를 회전했다.

"첨부터 냄새가 나긴 했어요."

그렇게 툭 뱉더니 거북이는 다시 모니터로 고개를 돌렸다. 화면엔 백지에 가까운 새 자기소개서가 준비되어 있었다. 나는 잘되어가느냐고 물으려다 관두고 골목의 개를 눈으로 좇았다. 낯익은 누렁이였다. 문득 담배를 끊어볼까 생각했다.

"아……"

어디선가 훈훈한 바람이 불어왔다. 벌 한 마리가 창틀에 갇혀 윙윙대고 있는 것이 한참 만에야 눈에 들어왔다.

"아아……"

얼마 후 거북이는 쥐고 있던 마우스를 놓고 나를 돌아봤다. 그리고 뭔가를 내밀었다.

"이런 건 어때요?"

"응?"

그간 부코스키가 다닌 지명을 체크해놓은 지하철노선도였다. 마치 내 달력처럼 여기저기 빨간 동그라미로 지저분했다.

"종로3가, 여의나루, 강남역, 이대입구, 코엑스……"

그녀는 줄줄이 열거했다.

"한번 간 곳엔 또 안 간다는 거, 알고 있죠?"

"이미 지겹도록 생각해봤어. 어차피 이렇다할 연결고리가 없어."

"……어차피 이렇다할 연결고리가 없어."

거북이는 내 말투를 그대로 따라하고는, 톡톡 노선도의 어딘가를 가리켰다.

"이 지명들을 봐요. 뭔가 노골적인 암시가 느껴지지 않아요?"

"종로나 강남이나…… 하나같이 뻔한 곳이네."

"빙고."

순간 밖에서 누군가 고함치는 소리가 들렸다. 아래를 내다보니, 옆집아줌마가 방금 전 내가 던진 담뱃갑을 흔들며 뭐라 뭐라 소리치고 있었다. 나는 잘 들리지 않는다는 뜻으로 손을 흔들었다.

"하나같이 뻔한 곳. 결국 다 번화가란 말이죠. 말하자면, 전형적인 데이트 장소랄까? 부코스키는 옛 데이트의 추억이라도 더듬고 다니는 건지 몰라요."

하지만 그렇게 말하는 그녀의 얼굴에서도 권태가 묻어났다. 우리 사이엔 그저 침묵만이 사라졌을 뿐이었다. 여전히 나는 사회를 기웃거리는 강아지였다.

"상식적으로 생각해봐."

거북이가 나타난 뒤에도, 부코스키를 따라다닌 뒤에도 딱히 달라진 거라곤 없었다. 결국 문제가 되는 건 나이를 먹을수록 딸리는 내 '스펙'이 아닐까?

"비오는 날과 맑은 날, 언제가 데이트하기 좋지?"

"비오는 날이라고 말하고 싶은 거예요?"

거북이는 툴툴거리더니 길게 하품했다.

"참 귀엽네요."

잠시 후 옆집아줌마가 만세를 하듯 양팔을 뻗으며 길게 하품했다. 개운해 보이는 게 한번 따라해보고 싶을 정도였다.

결과적으로 보면 그 무렵까진 달라진 게 없었다. 오히려 장마를 거치며 점점 시들해졌을 뿐이다.

아무것도 달라지지 않을 줄 알았다.

위기관리능력

"부코스키씨는 왜 저희 회사에 지원했습니까?"

"원래 이쪽 일에 관심이 많았습니다."

"일본어 전공이신데, 물류 일에 관심이 많았다고요?"

"네."

잠시 모두가 침묵했다.

"좋습니다. 이번엔 좀 재밌는 질문을 해보죠. 혹시 수영 좀 할 줄 아시나요?"

"아뇨."

"여자친구는 있고요?"

"네."

"좋습니다. 이건 그냥 하나의 가정일 뿐이에요—그러니까 불쾌하게 듣지는 마시고—어느날 부코스키씨가 여자친구와 함께 바다에 갔는데, 그만 실수로 여자친구가 바닷물에 빠져버린 상황입니다. 무슨 말인지 아시겠죠? 여자친구는 막 살려달라고 허우적대는데, 부코스키씨는 수영을 못하니까 어떻게 손도 못 쓰고 허둥댈 뿐이고……"

"네."

"그러다 그만 꼴깍 그녀는 가라앉아버리죠. 뽀글뽀글, 칠흑 같은 바닷속으로."

뭐가 재밌는지 가운데 있던 늙은 놈이 껄껄 웃었다.

"결국 우연히 근처를 헤엄쳐가던 사람이 여자친구를 구해내긴 하지만, 그때 이미 그녀는 의식불명, 손쓰기엔 너무 늦어버린 상태였죠. 하지만 정작 문제는 그게 아니라…… 부코스키씨의 여자친구가 실은 수영을 매우 잘했다는 게 문제였죠. 별명이 물개, 여자 박태환. 그러니까 절대로 바닷물에 빠져죽을 사람이 아니었다는 말인데…… 게다가 여자친구는 부코스키씨가 전혀 수영을 못한다는 걸 잘 알고 있었어요. 너무 순식간에 일어난 일이라 제대로 상황 파악이 되지 않았던 거죠. 결국 시간을 갖고 곰곰이 따져본 부코스키씨는 하나의 결론에 도달하게 되는데…… 바로 여자친구는 일부러 죽으려고 물에 뛰어든 게 아닐까 하는, 뭐 그런 의심이었죠."

나는 놈들의 시선을 피하지 않기 위해 노력했다. 당당함과 여유, '합격자가 추천하는 노하우'에 따르면 면접에선 이 두 가지가 가장 중요하다고 했다.

"그래서 질문이 뭔가요?"

"부코스키씨는 이런 여자친구의 행동에 대해 어떻게 생각하나요?"

"사건이 일어난 게 바다였나요?"

"네."

"푸른 바다요?"

"네."

한 물류회사의 면접이었다. 면접관 셋이 떼를 지어 나를 상대하고 있었다.

"그게 단가요? 더 할말은 없고요?"

"부코스키씨."

왜인지는 모르겠지만, 그들은 자꾸 나를 '부코스키'라고 불렀다. 더구나 면접을 보고 있는 지원자가 나밖에 없었다. 내 옆에는 빈 의자들만 조르르 주인 없이 놓여 있을 뿐이었다.

더 생각해볼 것도 없었다. 또 뭔가 잘못된 것이다.

"만약에 우리 회사에서 이삼년 경력이 쌓였는데, 경쟁사에서 그럴싸한 제안이 온다면 어떡하실 건가요? 당연히 옮기겠죠?"

"네?"

"부코스키씨, 업무에 대해 가장 궁금한 게 뭔가요? 여기 이력서에 보면 경력이 전혀 없는데."

내가 대답도 하기 전에 질문이 쏟아졌다. 멍청한 인사과 놈들이 만든 리스트인지 그냥 어디서 다운받은 건지, 하나같이 말 같지도 않은 질문이었다.

"회사에서 본인의 역할이 어떤 건지 알고 있습니까? 잡코리아에 적혀 있던 것 말고, 실제로 맡게 될 일이 뭔지 말예요."

"긴장하지 말고 웃어요. 그래도 좆같은 질문은 별로 없죠?"

"토익점수가 상당하신데, 이제부턴 영어로 질문하겠습니다."

언제부턴지 얼굴이 화끈거렸다. 하지만 다행히도 질문은 거기까지였다. 어느 순간 모두의 시선이 한곳으로 쏠렸기 때문이다.

책상 위에 있던 유리컵이 덜덜덜 떨리고 있었다.

'뭐지?'

게다가 떨림은 점점 커져갔다. 어느새 옆에 있던 의미없는 의자들까지 하나둘 덜덜거리기 시작했다. 멍청한 면접관들은 겁먹은 얼굴로 서로 쳐다봤다.

"테러다."

가운데 있던 늙은 놈이 소리쳤고, 급기야 건물 전체가 흔들리기 시작했다.

'지진인가?'

그게 무엇이었든, 그것은 제때 찾아온 구원이었다. 시간 감각이 있다고나 할까. 마침내 유리컵이 깨졌고, 여기저기서 사람들이 소리를 질러댔다. 어처구니없게도 면접장은 순식간에 아수라장이 되어가고 있었다.

그 와중에도 나는 담당자들에게 잘 보이기 위해 침착한 척 자리를 지키기로 했다. 내 위기관리능력을 보여주어 그간의 실점을 만회할 기회였다.

"일어나요."

나는 눈을 떴다. 거북이가 엎어버린 것이다.

'일곱시?'

시계를 보고 찡그리는 내게 그녀는 창밖을 가리켰다. 안 봐도 알아…… 나는 퀭한 눈으로 일어나 창가에 섰다. 깨끗한 비의 비린내가 살랑 바람을 타고 왔다. 하지만 꿈속에서 울리던 면접관들의 목소리에 나는 여전히 멍멍했다. 소리없는 빗속으로 검은 우산 하나가 터벅터벅 골목을 내려가고 있었다.

평소와 달리 거북이는 아침을 차리는 중이었다. 처음 보는 추리닝을 입은 채 냉장고에서 반찬통을 꺼내고 있었다.

"웬 아침이야?"

진작부터 일어나 있었는지 노트북도 켜져 있었다. 하얀 백사장
과 맞닿은 푸른 바다가 유난히 낯설어 보였다.

"아직 일곱시잖아?"

나는 베개를 거두고 바닥에 앉았다. 거북이는 프라이팬에서 접
시로 뺄건 음식을 옮겨담았다.

"뭐야, 그건?"

"매운 거 먹고 정신차리란 의미죠."

그녀는 싱긋 웃으며 말했다.

"하루종일 아무것도 못 먹을지 몰라요. 종일 비가 올 거래요."

"그래?"

나는 제육볶음을 입에 넣고 우물거렸다. 무교동 낙지처럼 단지
맵기만 한 맛이었다.

"정신차리라고요. 차 조심하고."

거북이가 보챈 탓에 평소보다 이른 시간에 집을 나왔다. 원한다
면 놀이터에 들렀다 가도 될 만큼 여유가 있었다. 나는 족쇄 같은
슬리퍼를 끌고 슬슬 골목을 내려갔다. 얼른 잠이나 깼으면 좋겠다
고 생각했다.

'그나저나 종일 비가 올 거라니……'

그렇게 멍하니 걷다가 라이터를 꺼내기 위해 잠시 멈춰섰을 때
였다. 언제부터였을까, 내 뒤를 따라오는 한 남자가 있었다.

그다지 눈에 띌 만한 사람은 아니었다. 정장 차림인 걸 보니 아
무래도 출근길인 것 같았다. 나는 — 왜 그랬는지 모르겠지만 — 남

자가 서두르는 중이라면 좋겠다고 생각하며 보란 듯이 담배에 불을 붙였다. 바빠 보이는 그를 약올리려 그랬던 것도 같은데, 다시 생각해봐도 유치한 짓이었다.

그러거나 말거나 남자는 금세 나를 스쳐지났다. 우리는 잠시나마 나란히 걸었고, 걸음이 빠른 그가 먼저 골목 끝에 다다랐다. 우리는 각각 충무로역과 보장슈퍼 방향으로 찢어졌고, 나는 마지막 한 모금을 삼키고 꽁초를 바닥에 버렸다. 우연일까, 녀석도 검은 우산이었다.

내가 보장슈퍼 건너편에 섰을 때는 여덟시 사십일분. 꽃집은 아직 문을 열지 않았고, 목욕탕에 가는지 작은 비닐백을 든 여자가 주황색 건물로 사라지고 있었다. 나는 다시 새 담배를 꺼내들었다. 이번엔 더더욱 의미없는 담배였다. 문득 우산을 든 채 담배를 피우는 건 참 귀찮은 짓이란 생각이 들었고, 하긴 둘러보면 귀찮고 비루한 것들은 사방에 넘쳐난다는 생각이 이어졌다.

'죽여주는 물건. 파산.'

그리고 보니 전봇대에는 예전의 낙서가 보이지 않았다. 누가 지웠을까? 아무래도 지워졌다기보다는 새롭게 붙은 중국집 스티커나 폭탄쎄일 전단지 따위에 가려진 모양이었다. 그리고 보니 —자꾸 생각이 띄엄띄엄 이어졌다—아까 골목길에선 예의 그 낙서를 그냥 지나쳤던 셈이다. 검은 우산의 남자 때문이었을까? 물론 무심결에 낙서를 지나치는 거야 으레 있는 일이지만 말이다.

이래저래 시간이 흘렀다. 마침내 파란 셔터가 올라갔고, 늘 같은 모습의 부코스키가 모습을 드러냈다.

'금일휴업' 딱지가 붙자, 나는 시간을 확인했다.

"아홉 시."

그는 여전히 정확했다.

그날도 부코스키는 충무로역으로 향했다. 애견센터들은 이제 막 문을 여는 참이었고, 개들은 비를 피해 실내로 들여놓은 상태였다. 거리엔 행인이 별로 없었다. 건너편 진양상가 앞 버스정류장에 몇몇 사람들이 모여 있는 정도였다.

비 오는 거리. 말없는 충무로…… 그즈음이었다. 나는 문득 늘 걷던 길을 걸으며 다시 꿈처럼 뭔가가 흔들리는 걸 느꼈다. 잠이 부족해서? 아니면 꿈속에서의 면접이 거슬렸기 때문에? 이도 저도 아니면 제육볶음 때문이었는지도 모른다. 그날 거북이가 만든 제육볶음엔 내가 싫어하는 청양고추가 잔뜩 들어 있었던 것이다. 갖다붙이자면 핑계야 많을 것이다. 물론 그때까지만 해도 그 흔들림이 어떤 조짐이라고 생각한 건 아니었다. 적어도 플랫폼에 섰을 때까지만 해도, 나는 꿈속의 나처럼 침착했다. 단지 빨리 잠이나 깼으면 좋겠다고 생각했을 뿐이었다.

한산하던 거리에 비해 많은 사람들이 열차를 기다리고 있는 플랫폼. 부코스키가 승강구 앞에 서자, 나는 근처로 다가갔다. 이젠 혼잡한 공간에서도 그를 찾아내는 것쯤 어려운 일이 아니었다.

주춤주춤 나는 사람들 사이를 통과했다. 복잡한 탓에 누군가의 우산을 발로 차고 갔던 것도 같다. 부코스키는 내내 정면을 주시하고 있었다. 여전히 표정이 없었다. 이젠 익숙해질 대로 익숙해진 표정이었다.

땡땡 신호가 울렸고, 멀리 열차가 들어오는 게 보였다. 동시에 바지 호주머니에 있던 휴대폰에서 덜덜덜 진동이 느껴졌다. 나는 자연스레 주머니에 손을 넣었고, 그때 주위로 몰려들던 인파 속 누군가가 툭, 선로를 향해 나를 밀었다.

더러운 별

아무것도 달라지지 않을 줄 알았다.

'젠장……'

순간 중심을 잃은 나는 휘청거리며 허공에 발을 디뎠다. 열차는 무섭도록 태평하게 다가오고 있었다. 딱히 속도를 가늠할 수가 없었다. 그렇게 맥없이 선로에 고꾸라질 찰나, 누군가 잽싸게 나를 끌어당겼다. 열차는 빠르게 내 앞을 스쳐갔고, 다리에 힘이 풀린 나는 그대로 바닥에 주저앉았다.

워낙 순식간에 일어난 일이라 그제야 덜컥 겁이 났다. 우습게도 그렇게 죽었으면 허무했을 거란 생각이 들었다. 사람들은 나를 피해 조용히 열차에 올랐다. 나는 바보처럼 주저앉은 채 움직일 수 없었다. 그저 침착한 척 주변을 두리번거릴 뿐이었다.

"괜찮으세요?"

나를 끌어당긴 사람은 어떤 남자였다. 그가 손을 내밀었지만, 얼어버린 나는 아무 대꾸도 하지 못했다. 생명의 은인에게도 웃어주는 것 외엔 해줄 수 있는 게 없구나, 그렇게 실없는 생각을 했을 뿐이다. 그만큼 상황파악이 되지 않는 상태였다.

뒤늦게 달려온 사람들이 하나둘 열차에 올랐다. 내게 손을 내밀었던 남자 역시 씩 웃고는, 닫혀가던 열차의 문을 날렵하게 통과했다. 차창 너머로 그는 여전히 나를 비웃고 있었다.

'혹시 일부러 밀어버리고 다시 잡은 건가?'

열차는 나타날 때처럼 조용히 사라졌다. 말없는 행인들의 시선이 나를 향해 있었다. 섬뜩하기도 했지만, 일단 창피했다. 나도 모르게 얼굴이 빨갛게 상기되어 있었다.

"도와드릴까요?"

다시 누군가 손을 내밀었지만, 별로 상대하고 싶지 않았다. 나는 엉거주춤 자리에서 일어났다. 얼른 정신을 차려야 했다. 웅성웅성, 몇몇 사람들이 나를 보며 쑥덕거렸다. 그제야 사람들 무리에서 얼마간 떨어진 곳에 있는 부코스키와 눈이 마주쳤다.

'언제 저 뒤로 갔지? 왜 열차에 타지 않았을까?'

다시 사람들이 모여들고 있는 조용한 플랫폼. 부코스키는 멀찍이 물러선 채 나를 안쓰럽게 바라보고 있었다. 열차가 아직 오지 않은 것처럼, 마치 오랫동안 나를 지켜본 사람처럼.

'들킨 걸까?'

그런 게 아니라도 우스운 꼴이 돼버렸다. 나는 한동안 움직일 수 없었다. 괜히 민망해서였을까, 휴대폰이 있는 바지 주머니 속으로 나도 모르게 손을 넣었다.

거기엔 아까 도착한 문자메씨지가 떠 있었다.

요즘 뭐 하고 사니?

엄마였다.

면접

"확실해요?"

"네?"

"부코스키가 당신을 보고 있었다는 거 말예요."

나는 잠시 머뭇거리다 대답했다.

"……네, 지하철이 그냥 떠났는데도 그 사람은 타지 않았으니까요. 지금껏 한번도 그런 적이 없었거든요."

하지만 79번은 여전히 뭔가 미심쩍은 모양이었다.

"그것만으로 어떻게 확신하죠? 혹시 댁이 그렇게 믿고 싶어하니까 그렇게 보인 건 아닐까요? 원래 사람은 자기가 믿고 싶어하는 것만 믿는다는데 말예요. 안 그래도 당신은 예전부터 부코스키가 먼저 알아봐주길 내심 기대하고 있었고……"

쏘아붙이던 79번은 문득 자기 목소리가 컸다고 생각했는지 두리번두리번 주변 눈치를 살폈다.

"흠……"

플랫폼에서의 소동이 있은 지 일주일쯤 뒤, 나는 어느 회사의 면접장에 와 있었다. 하지만 무슨 꿍꿍이인지 회사 내부에 사정이 생겼다는 어처구니없는 이유로 면접은 이미 한 시간 이상 지연된 상태였다.

80번인 나는 나란히 앉은 79번 남자와 함께 한 시간째 잡담을 나누고 있었다. 우리를 포함한 대기라인이 징그러울 정도로 길었다는 건 새삼 말할 필요도 없겠다.

"아직 모든 얘기가 끝난 건 아네요."

나는 변명하듯 말했다. 79번은 휴대폰으로 시간을 확인하더니, 들고 있던 종이를 반으로 접었다. 예상 질문을 뽑아놓은 일종의 커닝페이퍼였다.

"그럼 계속해봐요. 나도 아직은 좀 여유가 있으니까."

나는 마치 아주 오래전 추억을 끄집어내듯 잠시 뜸을 들였다.

그 소동이 있은 뒤로 두세 대쯤 더 열차가 충무로를 통과했다. 그렇게 몇대를 잡상인처럼 보낸 뒤에야 부코스키는 열차에 올랐다. 물론 그때도 주객이 전도되거나 따로 문제가 있었던 건 아니다. 평소처럼 부코스키가 앞장섰고 내가 그 뒤를 졸졸 따르는 형국이었으니 말이다.

상황이 좀 우습다고는 생각했지만, 사실 당시엔 심각하게 문제가 될 거라고는 생각지 않았다. 오히려 그때 내가 거슬려한 건 멀리서 나를 구경하고 있던 부코스키가 아니라 플랫폼에서 나를 갖고 논 그 미친놈이었으니까.

실은 좀 무섭기도 했다. 하지만 다리가 후들거릴 만큼 기운이 빠졌음에도 나는 거의 타성적으로 부코스키가 오른 열차에 따라 올랐다.

"지금 생각해봐도 굳이 그럴 필요까진 없었는데……"

열차 안은 여느 때처럼 시끌시끌했다. 특히 출근하는 직장인들보다도 땡땡한 가방을 멘 채 도서관에 가는 백수들이나 뒤늦게 등교하는 날라리 학생들이 더 많았다. 밤새고 귀가하는 날탕들도 군데군데 눈에 띄었다.

서울역을 지나고 시청을 지나서야 사람들이 빠져나가며 소란스럽던 지하철도 어느정도 조용해졌다. 부코스키는 시청을 지날 즈음 자리에 앉았고, 늘 그렇듯 무가지 신문을 펴들었다. 나는 오륙 미터쯤 떨어진 곳에 서 있었는데, 언제나 그랬지만, 그런 해프닝이 있었다고 해서 딱히 몸을 숨기거나 당당하지 못하게 행동한 것은 아니었다.

어쨌든 그제야 슬슬 정신이 돌아오는 듯했다. 그 미친놈에 대해선 더이상 생각하지 않았다. 대신 아까 나와 눈이 마주쳤던 부코스키가 지금은 왜 제대로 눈길 한번 주지 않을까, 설마 나를 알아보지 못하는 걸까, 하는 생각들만 하나둘 머릿속을 메우기 시작했다.

"그 미친놈에 대해 떨쳐내기가 쉽지 않았을 텐데……"

그건 그랬다. 하지만 어차피 되돌릴 수도 없는 노릇이라고 생각하며 넘겼던 것 같다. 누구 말마따나 서울 지하철엔 별 미친놈들이 다 있으니까. 어쨌든 지금 중요한 것은 그놈이 아니니 빨리 잊는 게 상책이었다.

나는 지하철의 진동에 따라 흔들리며 불과 몇분 전 플랫폼에서 느꼈던 적막함과 내 주위로 몰려든 사람들의 호기심 어린 시선들을 떠올렸다. 특히 부코스키의 시선…… 뭐랄까, 나를 동정하던 눈빛이랄까? 그리고 시간이 지나 조금씩 침착함을 되찾기 시작하면서 아까의 석연찮은 느낌에 대해서도 점점 확신을 갖기 시작했다.

"중요한 건 그 부분이에요."

거기까지 얘기했을 때, 다시 79번이 끼여들었다.

"지하철에서 부코스키가 어떤 신호를 보내지 않던가요?"

"몇번인가 저를 흘끔거리긴 했죠. 물론 대놓고 그런 건 아니었지만."

"혹시 당신을 비웃었다거나……"

"하지만 — 그나마도 가끔이었지만 — 그 사람이 나를 쳐다봤던 건 딱히 나란 인간을 의식해서가 아니었어요."

"그럼……?"

"오히려 그 반대였죠."

"네?"

"부코스키는 오히려 나를 의식하지 않기 위해 노력하고 있었던 거예요. 괜히 그날따라 티나 보이지 않기 위해 노력하고 있었단 말이죠. 나를 볼 때도 마치 다른 사람을 볼 때처럼 최대한 자연스러운 척."

"………."

79번은 들고 있던 커피를 마저 삼키고 다시 대기라인을 확인했다. 줄이 조금 흐트러지긴 했지만, 화끈하게 면접을 포기한 사람은 아무도 없는 듯했다.

"요컨대 부코스키는 진작부터 나를 알고 있었던 거예요. 진작부터 내 미행을 눈치챘고, 진작부터 나를 주시하고 있었고…… 무슨 말인지 좀 이해돼요? 그 사람 입장에선 그날 예기치 않게 그런 일이 생겼다고 해서 군이 티를 내선 안되는 거라고요. 오히려 내 쪽에서 느닷없이 생쇼를 하자 당황한 건 그 사람 쪽이었죠."

"부코스키가 원래 알고 있었다…… 그럴 수도 있겠네요."

"따지고 보면, 여태껏 몰랐을 가능성은 거의 희박해요. 이건 꽤나 오래된 얘기거든요. 저부터 시작된 일도 아니고요."

79번은 잠시 생각하더니 중얼거렸다.

"아무리 그래도, 그다지 와닿지 않는 게……"

하지만 나는 그의 말을 잘랐다.

"실은 저도 그때까지만 해도 잘 정리가 되지 않았어요. 근데 그 뒤로 몇번인가 더……"

"그뒤로도 계속 쳐다보더란 말이죠?"

"아, 아뇨, 그건 아네요. 하지만 작정하고 보려 했다면 저 몰래 볼 수 있는 방법이야 많았을 거예요. 사실 그 부분에 대해선 의심의 여지가 없죠. 저 또한 처음부터 염두에 두었던 부분이구요. 다만 문제는 이렇게 서로 마주한 뒤라면 그후로는 그가 어떤 식으로 반응할까? 늘 궁금했던 부분이었는데…… 평소와 다를 바 없는 듯했으면서도, 뭐랄까, 그 소동 이후로 미행은 이전과는 다른 뭐 같은 게 되어버렸죠."

"뭐 같은?"

79번은 머리를 긁적거렸다. 언제부턴가 그는 시간을 확인하지 않았다.

"요컨대 지금껏 부코스키는 그냥 나를 뒤에 두고 걸었던 거예요. 내가 너무 뒤처지지 않을 만큼 일정한 간격, 이를테면 안전거리를 유지한 채요. 어쩌면 이런 것일 수도 있어요. 형사물 드라마 같은 데서 자주 나오는 건데, 쫓는 사람과 쫓기는 사람이 서로에게 반응하는 거죠. 예를 들어 죽어라 도망가던 소매치기가 잠시 멈춰 숨을 고르면, 죽어라 추격하던 형사도 함께 멈추고 숨을 고르잖아요? 물론 그 반대의 경우도 마찬가지고요. 내가 멈추면 부코스키 역시 걸음을 멈췄던 거죠. 그때 분명 지하철이 지나갔는데도 그가 자연스레 플랫폼에 남아 있었던 것처럼."

"음…… 그건 좀 오버 아닌가요?"

그가 조용히 비웃었다. 그는 아까부터 만지작거리던 커닝페이퍼로 부채질을 하기 시작했다. 나는 아랑곳않고 말을 이었다.

"여름의 거리는 어디나 똑같아요. 직접 다녀보면 알게 되죠. 어디나 다 잘 흘러간다고 할까? 덥다 덥다 말은 많으면서도, 덥다고 다 멈춰서서 헉헉대고 있는 건 아니랄까요?"

"글쎄, 거기까진 잘 모르겠는데……"

나는 답답하다는 듯 머리를 긁적거렸다. 나도 모르게 쓸데없는 말을 너무 많이 내뱉고 있었다.

"걷고 또 걷고…… 온통 그 얘기뿐이네요."

79번은 지겹다는 투로 빈정거렸다.

"그래봤자 결국 ─ 아까 처음에 얘기했던 것과는 달리 ─ 달라지는 건 없는 거 아녜요? 설령 그렇게 부코스키와 당신의 관계에 진전이 있었다 해도 말예요. 그마저도 어떤 현실적인 변화라기보다는 그저 댁의 머릿속 생각일 뿐이고."

"빙고. 저 역시 그때까진 아무것도 달라지지 않을 줄 알았어요."

"………"

"근데……"

나는 잠시 말을 끊었다. 계속 쉬지 않고 밀어붙였던 셈인데, 어디서부터 잘못됐을까, 알 수 없는 답답함이 밀려왔다. 담배도 없이 너무 떠든 탓일까? 이것저것 다 구차하게 설명하려니 나부터가 좀 질린 탓일까? 갖다붙이자면 이유야 많을 것이다. 나는 면접 때 말이 너무 장황하다는 지적을 받은 바 있었다.

"그날 갔던 게 범계라는 곳인데요."

"범계?"

"네. 범과 닭. 혹시 그 동네 알아요?"

"평촌 옆에 말하는 거죠? 예전에 찜질방에 갔다가 잠깐 들른 적이 있는데……"

"네. 근처에 찜질방도 있고, 찜질방에서 나오는 신비한 에너지도 있고. 아무튼 그곳에서 저는 부코스키와 제대로 마주하게 됐죠."

미친년

부코스키는 범계역을 나와 줄곧 앞으로만 걸어갔다. 그곳은 마치 쇠락한 휴양지를 연상시켰다. 반듯한 가로수와 깨끗하게 정리된 보도블록, 혹은 탁 트인 시야에 비해 행인이 거의 없었기 때문인지도 모르겠다.

어쨌든 나는 부코스키의 뒤를 따라 한동안 범계의 적막한 거리를 걸었다. 줄줄이 뻔하고 익숙한 간판들이 이어졌다. 김밥천국, 김밥나라, 그다음은 김가네 하는 식이랄까. 죄다 비슷비슷한 이름들뿐이라 나중엔 어디가 어디였는지 기억도 나지 않겠다 싶었다. 물론 그렇다고 다시 뭔가가 흔들린 건 아니었다. 다만 '범계'라는 이름부터가 낯설었을 뿐이다. 생각해보면 범계나 평촌이나 산본이나 이 동네나 저 동네나, 내가 가본 이 부근의 4호선 라인은 하나같이 거기서 거기였다.

상가단지를 벗어나자 곧 시원한 광장이 나타났다. 물론 굳이 말하자니 광장이지 아무것도 없는 공터에 가까웠지만 말이다. 군데군데 나무가 있고, 중앙엔 축구장처럼 넓게 잔디가 깔려 있었다. 물론 화장실을 제외하면 건물이라곤 거의 찾아볼 수 없었다. 잔디밭 너머에 작은 커피전문점 하나가 눈에 띄긴 했는데, 안드로이드인지 앤드류 커피인지, 어쨌든 내가 알 만한 브랜드는 아니었다. 물론 그곳에도 손님은 없었다. 시간이 이른 탓도 있었지만, 비 때문에 노천의 테이블과 파라솔마저 대부분 접어놓은 상태였다.

왠지 아침부터 심심한 사람들이나 이미 사회에서 할일을 다 마친 사람들이 그 시간 그곳을 얼쩡대고 있는 게 아닐까 생각됐다. 생뚱맞게도 나는 언젠가 달력에서 봤던 바띠깐의 어느 성당을 떠올렸다. 기억이 정확하진 않지만, 아마도 3월의 배경그림이었을 것이다.

비가 부슬부슬 내리는데도 드물게나마 산책을 하는 사람들이 있었다. 빗속의 산책자? 그들을 위한 정자나 벤치 따위도 뜨문뜨문 마련되어 있었다. 부코스키는 그중 한 벤치에 앉았다. 우리 못지않게 한가해 보이는 노인들과 명퇴자들이 군데군데 눈에 띄었다. 나는 부코스키로부터 오륙 미터쯤 떨어진 정자에 앉았고, 휴대폰으로 시간을 확인했다. 열시가 조금 넘은 시각이었다.

'여긴 또 뭣 땜에 왔을까……'

그즈음이었다. 이따금 보이는 산책자들을 멍하니 눈으로 좇다 문득 깨달았다. 다시 부코스키가 나를 바라보고 있었다. 플랫폼에서의 시선도 저런 것이었을까?

'감시자……'

나는 자연스래 그의 시선을 피했다. 왠지 모르게 본능적으로 고개가 돌려졌다. 그가 나를 바라보는 동안, 나는 고개를 숙인 채 괜히 휴대폰만 만지작거렸다. 결국 별 이유 없이 거북이에게 지금 뭐하고 있느냐는 등의 시답잖은 메씨지를 보내기도 했다.

비는 가볍게 흩날렸다. 나는 이따금 부는 바람을 따라 부코스키를 바라보곤 했다. 그 역시 가끔 나를 바라보았지만, 서로 이렇다할 움직임 없이 자리를 지키고 있는 게 고작이었다.

오류 미터 정도, 그와 나 사이의 안전거리.

얼마간 그런 대치상황이 계속됐다. 나는 꿋꿋이 담배만 피워댔다. 몇개비째인가, 문득 이런 문장을 떠올리기도 했다.

'절망이 벤치 위에 앉아 있다.'

어떤 상송 작사가가 쓴 말인데, 앞뒤 맥락은 잘 기억나지 않지만, 상투적이면서도 뭔가 묘한 느낌이 드는 것이 은근히 그날의 부코스키와 어울리는 것 같았다. 어쨌거나 부코스키는 비 구경을 하는 건지 옛사랑의 추억이라도 더듬는 건지 전혀 움직이지 않았다. 하긴 하루이틀 일도 아니었고, 신경쓴다고 달라질 일도 아니었지만 말이다.

나로 말하자면, 언제나 그랬듯 먼저 나서지는 않을 생각이었다.

무슨 일이 일어나든 그 시작은 부코스키여야 할 것이었다. 나는 그저 꿋꿋이 기다릴 생각이었다. 물론 그게 매우 지루한 일이란 것쯤은 이미 알고 있었다.

그렇게 얼마나 지났을까, 다행히도 멀지 않은 곳에서 구경거리가 하나 생겨났다. 아니, 어쩌면 내 쪽에서 일부러 찾아낸 건지도 모르겠다.

내가 있던 정자에서 얼마 떨어지지 않은 건널목 너머 조그만 버스정류장, 그곳 벤치에 언제부턴가 한쌍의 남녀가 있었다. 처음엔 눈여겨보지 않아 잘 몰랐는데, 가만 보니 둘은 오래된 커플 같았다. 이유를 들라면 애매한데, 여러모로 권태기의 남녀 특유의 냄새가 풍겨왔다고 하면 될까.

하지만 그들이 눈길을 끈 건 그것 때문이 아니었다. 중요한 것은 둘이 이제 막 깨질 분위기였다는 것이다. 때마침 그 시간, 그 자리에서.

남자는 일어선 채 뭐라 뭐라 소리치고 있었고, 여자는 묵묵히 그의 말을 듣고 있었다. 목소리까지는 들리지 않아서 무슨 내용인지는 전혀 알 수 없었다. 다만 제스처와 분위기로 짐작하건대, 뭔가 답이 보이지 않는 문제로 다투고 있는 게 분명했다.

근데 내 눈엔 아무래도 여자 쪽이 찰 것처럼 보였다. 여자 쪽이 엄청 꾸미고 나온 상태였기 때문이다. 일부러 보란 듯이 딱, 마치 마지막을 각오한 것처럼 말이다. 남자 입장에서 볼 땐 갑작스럽고 받아들이기 힘들고, 그러니 지랄할 수밖에 없는 상황이었다.

아니나다를까, 주로 떠드는 쪽은 남자였다. 서른살 정도 되어 보이는 깡마른 남자는 말이 많기도 했고 여러모로 신경질적인 반면, 여자는 거의 말을 하지 않아 침착해 보였다. 여자는 흰 블라우스에 흰 스커트를 입고 있었다. 위아래 투명할 정도로 하얗게. 비도 오는데 속이 다 훤히 비칠 만큼.

아무튼 부코스키는 그대로 가만히 앉아 있었고, 남자는 몇번이나 뭐라 뭐라 소리를 질러댔다. 알아들을 순 없었지만, 내가 있던 정자까지 괴성이 들릴 정도였다. 계속 주접을 떨던 남자는 무슨 뜻으로 하는 짓인지 급기야는 신발과 양말까지 벗었다. 겨우 열시가 조금 넘은 시각, 비까지 부슬부슬 오는 날씨에 말이다.

'저 새끼 졸라 오버하네.'

그 모습을 봤다면 누구라도 그렇게 생각했을 것이다. 반면 여자는 남자가 떠들면 말없이 그를 지켜보다가, 그가 잠잠해지면 위로하듯 그의 어깨를 감쌌다. 그러면 남자는 건드리지 말라는 듯이 여자의 팔을 뿌리쳤다. 유치하긴 유치했다. 그는 죽일 듯 화를 내다가도 다시 호기로운 척 웃어 보였지만, 이러나저러나 지랄은 남자가 다 떠는 꼴이었다. 쉽게 예상할 수 있는 상황이었다. 저러다 남자가 먼저 떠날 것이고, 그러거나 말거나 여자는 쳐다보지도 않을 것이다.

텅 빈 마을버스만 몇차례 그곳을 지나갔다. 남자와 여자에겐 나름 의미있는 시간일지 모르겠지만, 결국 아무것도 달라지는 것은 없는 상황…… 정체구간에 접어든 셈이었다.

시간이 천천히 흘렀다. 결국 먼저 움직인 것은 남자도 여자도 아닌 부코스키였다. 비는 여전했지만, 그는 어느 순간 벤치에서 일어나 불쑥 우산을 펴들었다.

'어라?'

나는 말 그대로 '잠시' 망설였다. 그 잠깐 사이 부코스키는 할일 없는 노인들 옆을 지나 근처 횡단보도까지 걸어간 상태였다. 잠시 후 신호가 바뀌자, 그는 망설임없이 길을 건넜다.

나는 침묵을 지키고 있는 커플과 멀어져가는 부코스키를 번갈아 바라봤다. 물론 알지도 못하는 연인에게 킬링타임 이상의 호기심을 느낀 것은 아니었다. 하지만 왜 그랬을까, 나는 부코스키가 시야에서 완전히 사라질 때까지 아무렇지도 않은 양 그의 뒷모습을 지켜보기만 했다. 마침내 더이상 그의 검은 우산이 보이지 않자, 나는 다시 정류장의 커플을 돌아봤다. 부코스키를 고의로 놓친 건 처음이었다.

한참이 지나 먼저 자리를 뜬 것은 역시 남자였다. 그는 여자에게 아무 말도 하지 않고 우산도 쓰지 않은 채 정류장을 빠져나갔다. 잠시 후엔 여자도 빗속으로 사라졌다. 깔끔한 마무리였다.

'이제 나만 남은 건가?'

공원엔 여전히 뜨문뜨문 산책하는 사람들이 있었다. 하지만 나와는 상관없는 이들이었고, 그들 역시 나에겐 관심이 없어 보였다. 한동안 정자에 남아 있던 나는 천천히 부코스키가 머물렀던 벤치로 자리를 옮겼다. 그리고 부코스키처럼 한쪽 구석에 우산을 기대 놓은 다음, 부코스키처럼 무심하게 빗속의 행인들을 바라봤다. 말하자면 그의 자리를 꿰찬 셈이었다.

결과적으로 보면 부코스키를 떠나보낸 셈이지만, 즉흥적인 결정이었을 뿐 별다른 꿍꿍이는 없었다. 따지고 보면 플랫폼에서의 해프닝 또한 작은 우연에 지나지 않았다.

나는 자연스레 담배를 꺼내들었다. 벤치 앞으로 특이하게도 위아래 검은 추리닝에 빨간 야구모자를 쓴 채 조깅을 하는 젊은 여자가 지나갔다. 비가 이렇게 내리는데 조깅이라니, 미친년은 아니겠지만, 미친년 같았다.

나는 멀거니 앉아 한숨을 쉬듯 담배를 피웠다. 내뿜은 연기는 사라지지 않고 창피할 정도로 뿌옇게 주변을 맴돌았다.

저 멀리, 아까는 보이지 않던 농구코트가 눈에 들어왔다. 키 큰 나무들과 펜스에 가려 잘 보이진 않았지만, 누군가 혼자 코트를 달리며 드리블을 하고 있었다. 퉁퉁, 공을 퉁기는 소리가 희미하게나마 내가 있는 곳까지 들려오는 듯했다.

농구코트 너머에는 작은 시계탑도 있었다. 물론 너무 멀었기 때문에 시간까지는 확인할 수 없었다. 아마 그 자리에서라면 부코스키도 마찬가지였을 것이다.

나는 무슨 대단한 것이라도 발견한 양 벤치를 살펴보았다. 어디에나 있을 법한 평범한 벤치였지만, 오히려 그런 면이 더 흥미롭게 보였다면 아무래도 좀 과장일까.

146

처음처럼

아무것도 달라지지 않을 줄 알았다. 그저 여름이 끝날 때까지 이렇게 가는 건가 싶었다.

그러다 며칠 만에 비가 온 어느날, 우리는 종로 서울극장 뒤편의 좁고 지저분한 골목에 다다랐다. 온종일 종로 이곳저곳을 헤매던 오후 늦은 시간이었다.

아침부터 추적추적 내리던 비가 여기저기 파인 웅덩이에서 튀어올랐고, 회색빛 씨멘트길이 막막하게 이어졌다. 이따금 갈림길이 있었지만, 평소와 달리 부코스키는 머뭇거림 없이 나아갔다. 검고 쭈글쭈글한 쓰레기봉지가 구석구석 길가에 쌓여 있었다.

보이는 모든 게 흉흉했지만, 그렇다고 내 기분까지 칙칙했던 건 아니었다. 왠지 모를 기시감을 느끼게 하는 길이었다. 금방이라도 어디선가 고양이가 달려들 것 같고, 근처 반지하 사무실에서 파란 작업복을 입은 사람들이 수상한 일을 하고 있을 것 같은 느낌. 그 기시감은 단지 거북이 때문은 아니었다. 아무러면 어떨까, 정작 그날 그 좁은 골목길보다 더 내 눈길을 끈 건 가뜩이나 칙칙한 담벼락을 지저분하게 도배한 낙서들이었다. 낮고 지저분한 씨멘트벽엔 유난스러울 정도로 많은 낙서가 있었다. 이래저래 때를 타고 지워지고 새로운 글자가 덧씌워져 흐릿해 보일 정도였다.

나는 부코스키를 따라 걸으며 하나둘 그 낙서들을 훑었다. 흔한 사랑고백이나 하트, 아이들이 그린 듯 뜻을 알 수 없는 그림들뿐 아니라 그래피티처럼 공들인 낙서도 종종 눈에 띄었다. 물론 비까지 내리는데다 대부분 흐릿해 잘 보이지는 않았다. 보장슈퍼 앞의 전봇대처럼 jah kingston이나 no chemical 같은 아리송한 문구도 이따금 섞여 있었다.

누가, 왜 이렇게 뜻모를 단어들을 적어놓았을까?

나는 뜬금없이 이 모든 단어들이 서로 연결되어 있는 건 아닐까 의심하기 시작했다. 종로에 있는 이 낙서들과 충무로에 있는 낙서들이—혹은 더 확장하자면 다른 지역에 있는 낙서들도—어떤 식으로든 서로 연결되어 있는 건 아닐까? 물론 그날의 골목에선 그 생뚱맞은 망상에 어울리는 답을 찾아내지 못했다. 어슬렁어슬렁 혼자 쓸데없는 생각을 하며 걷는 사이, 낯선 단어들을 해석해보고 이리저리 의미를 끼워맞춰보는 사이, 어느덧 앞서가던 부코스키가 저만치에 멈춰선 것이다.

미로 같았다고 하면 과장이겠지만, 부코스키와 나는 몇번이나 모퉁이를 돌고 갈림길을 지나온 터였다. 어느새 우리가 다다른 그 긴 골목의 끝에는 '무영각'이라는 이름의 중국집이 있었다.

'중화요리 무영각.'

또하나의 낙서 같은 이름이었다. 남루한 현관 아래 작은 입구엔 고철에 가까운 오토바이와 낡은 철가방이 있었다. 부코스키는 이번에도 머뭇거림 없이 안으로 들어갔고, 몇분 뒤 나도 붉은 발을 젖히며 그 뒤를 따랐다.

무영각의 실내는 생각보다 넓었다. 이층으로 된 복층구조에다 테이블도 제법 많아 보였다. 나는 부코스키를 찾아 실내를 둘러보았다. 비가 온 탓일까, 공사장에서 일하다 온 듯한 인부들이 군데군데 눈에 띄었다. 벌써 하루 일을 공친 걸까? 게다가 거북이도 말했던 것처럼, 하필 막다른 골목에 중국집이라니……

카운터에서 뚱뚱한 사내가 물끄러미 홀을 바라보고 있었다. 그는 무슨 이유에선지 부코스키를 보며 인상을 찌푸렸고, 곧이어 내게로 시선을 옮겼다. 부코스키는 일층 홀의 정중앙에 자리를 잡고 있었다. 나는 그가 보일 만한 각도의 가장자리 테이블에 자리를 잡았다. 곧 홀 담당 종업원이 부코스키에게 다가갔다. 둘은 메뉴판을 보며 이러쿵저러쿵 한동안 말을 주고받았다.

그리고 잠시 후 같은 종업원이 뚜벅뚜벅 내게 다가왔다. 나는 메뉴판도 보지 않고 말했다.

"볶음밥 하나 주세요."

하지만 종업원은 대꾸하지 않고 태연하게 메뉴판을 디밀었다.

"뭘 드시겠습니까?"

나는 메뉴판에서 볶음밥을 가리켰다.

"볶음밥 안돼요? 방금 말했잖아요."

그제야 종업원은 주방장인지 지배인인지를 향해 외쳤다.

"차오판바."

중국인인가? 그렇다고 메뉴 이름 정도 알아듣지 못하진 않을 텐데…… 얼쭘해진 나는 괜히 실내를 둘러보았다. 본토 분위기를 내려 했는지, 빨간 벽지에 현란한 장식들과 금빛 한자들이 많았다.

"쯔씨미미."

"킹 맹월 추씨위."

그리고 보니 아까부터 떠들고 있던 인부들 역시 중국계였다. 그들은 흘끔흘끔 나를 보고 낄낄거리며 뭐라 뭐라 자기들끼리 떠들었다. 어차피 알아들을 수도 없으니 무슨 말이든 어쩌겠냐 싶었다.

"하씨미미 위?"

"팡샤이 슈룽 궈."

나는 하릴없이 부코스키를 힐끔거리며 툭툭 우산을 턴 다음, 테이블에 있는 물기를 휴지로 닦았다. 다행히 음식은 생각보다 빨리 나왔다.

"그럼 맛있게 드세요."

그때 뭔가 이상한 기분이 들었다. 나는 물러서는 종업원을 불러 세웠다.

"아, 잠깐만요."

그리고 저만치에 있는 부코스키를 가리키며 물었다.

"저쪽 테이블에서 시킨 건 뭐죠?"

아무래도 내 주문이 먼저 나온 게 이상했다.

"그런 건 왜 물어보시죠?"

종업원은 탐탁잖은 눈길로 나를 바라봤다. 아까와 달리, 쏘아보는 꼴이 꼭 한국사람 같았다.

"그냥……"

나는 잠시 머뭇거리다 부스럭부스럭 가방을 뒤져 작은 수첩을 꺼내들었다.

"일종의 시장조사 같은 거예요."

그 말을 비웃듯 중국인의 입꼬리가 올라갔다.

"B세트요."

종업원은 웃음을 머금고 말했다. 그러거나 말거나 나는 아랑곳 않고 메뉴판을 확인했다.

〈SET B〉

유산슬+깐쇼새우+짜장면 혹은 짬뽕+꽃빵

'뭐야, 누굴 기다리는 건가?'

어느새 테이블을 떠난 종업원은 카운터에 가 있었다. 그는 내게 시선을 고정한 채 카운터의 뚱보에게 뭔가를 속삭였다. 아무래도 그 뚱뚱한 사내가 무영각의 지배인인 모양이었다.

'내 얘기겠지?'

그러거나 말거나 나는 다시 메뉴판을 확인했다. 이 정도의 요리를 시켰다는 건 여기서 누군가를 만날 거라는 뜻인가? 하지만 하나둘 요리가 나오고 시간이 흘러도 부코스키의 테이블엔 아무도 나타나지 않았다. 들어오든 나가든 무영각 입구의 붉은 발을 통과한 사람은 단 한 명도 없었다.

나는 천천히 내 몫의 식사를 처리했다. 볶음밥은 그럭저럭 무난했고, 단무지는 심하게 말라 손이 가지 않았다. 희멀건 짬뽕국물이 의외로 얼큰했다.

유산슬과 깐쇼새우, 짬뽕과 꽃빵이 차례로 부코스키의 테이블에 놓였다. 그는 입맛을 다시며 여유있게 젓가락을 놀렸다. 먹는 내내 간간이 카운터의 지배인이 흥미롭다는 듯 나를 바라보았고, 중국계 인부들이 거슬릴 정도로 시끄럽게 떠들었다.

'그나저나 비도 오는데 무슨 공사였을까? 비는 아침부터 왔을 텐데, 그럼 아예 시작을 하지 말든가……'

그렇게 얼마쯤 지났을까, 부코스키와 속도를 맞추려다보니 어쩔 수 없이 짬뽕국물과 소주 한 병을 추가해야 했다. 먼저 빗속에 혼자 나가 기다리고 싶지는 않았다. 그는 역시 슬로우 스텝이었다. 그후로 소주 한 병을 비우며 거의 한 시간가량을 보냈음에도 여전히 내가 앞서 있었던 것이다. 결국 나는 담배만 두 대 더 피운 뒤 자리에서 일어났고, 계산을 위해 카운터로 향했다.

"아는 분인가요?"

카운터 앞에 서자, 뚱뚱한 지배인이 목소리를 낮추며 말을 걸었다.

"네?"

"아까부터 계속 저분을 보시는 것 같아서요."

그는 기름진 턱으로 부코스키를 가리켰다.

"아, 그게……"

내가 머뭇거리자, 그는 실실거리며 말했다.

"제가 좀 눈썰미가 있는 편이거든요. 손님이 식사하는 내내 저 신사분을 의식하는 게 느껴지더군요."

지랄. 아까 그 중국놈이 얘기했겠지.

"이게 하도 반복하다보니까요, 이젠 젓가락질만 봐도 그 사람의 입맛까지 맞힐 수 있을 정도예요. 어떨 땐 주문할 때의 목소리만 들어도 저 손님이 담백한 걸 좋아하나 느끼한 걸 좋아하나, 단박에 캐치할 수 있을 정도죠."

지배인은 시원찮은 농담을 이어갔다. 나는 대충 둘러대기로 했다.

"아까 웨이터분한테도 말했는데, 단순한 시장조사예요. 뭐랄까, 저분이 표적대상 같은 걸로 적당했거든요."

지배인은 아무 대꾸도 하지 않았다. 그래도 혹시나 싶어 나는 농담하듯 덧붙였다.

"물론 저분한텐 말하지 마세요."

"왜요?"

"무례해 보일 수도 있으니까요. 종종 그런 일이 있거든요."

"아하."

"무슨 말인지 아시죠?"

"아, 그럼요."

지배인은 알겠다는 듯 얄밉게 웃었다. 개운치는 않았지만, 나는 대충 계산을 끝내고 돌아섰다.

"특이했어요."

그때 통통한 손으로 지폐를 세며 지배인이 말했다.

"간만에 볼 만하더군요. 남자분 셋이 나란히 말이죠. 손님은 저분을 힐끔거리고, 또다른 분은 손님을 힐끔거리고……"

나는 잠시 무슨 소린지 알아듣지 못했다.

"저를요?"

부코스키는 여전히 느릿느릿 젓가락을 놀리고 있었다. 큰 요리 두 접시에 짬뽕과 고량주까지, 과연 비가 그치기 전에 다 해치울 수 있을까 싶었다.

"손님처럼 아까 어떤 분도 손님을 관찰하더군요. 물론 그분도 제겐 아무 말 말라고 당부했지만 말이죠."

나는 침착한 척 주변을 둘러봤다.

"그러니까 누군가 저를 지켜보더란 말이네요?"

지배인은 여전히 얄밉게 킥킥댔다.

"그 사람, 어떻게 생겼는지 기억할 수 있어요?"

부코스키에 대한 소문

"일어나요."

나는 눈을 떴다. '일어나요'라고 했던 것 같은데, 거북이는 나를 등진 채 거울 앞에 서 있었다.

꿈이었나? 햇살이 따가웠다. 아휴, 다시 스르르 눈이 감겼다. 그 와중에도 얼핏 거북이가 평소와는 좀 달라 보인다고 생각했다. 검은 정장을 입은 그녀의 모습이 왠지 어색해 보였다.

시간이 얼마나 흘렀나 모르겠다. 다시 눈을 떴을 때도 그녀는 여전히 등을 돌린 채였다. 아침의 모습 그대로 검은 정장 차림이었다. 덕분에 시간이 가지 않은 줄 알았다. 하지만 이번엔 가스레인지 앞이었다. 게다가 자극적인 냄새가 코를 찔렀다. 꿈이 아니었다. 방 안 가득 카레 냄새가 향긋했다.

"두시도 넘었어요. 여태껏 잔 거예요?"

거북이는 돌아선 채 말했다. 나는 어기적어기적 일어나 벽에 기댔다. 문득 여기가 내 방이 아니라면, 하는 엉뚱한 상상을 했다. 어제 저 여자와 술김에 하룻밤을 보냈고, 지금이 어색한 첫 대면이라면…… 그녀는 내가 알아서 가주길 바라는데도 눈치없이 내가 여태껏 남아 있는 거라면……

"누가 죽었어? 웬일로 검은 옷이야?"

나는 가라앉은 목소리로 말했다. 말하고 나서야 목이 잠겨 있다는 걸 알았다. 알게 모르게 제법 피곤했던 모양이다.

"면접이었어요."

그녀는 돌아선 채 말했다.

'면접?'

문득 언젠가의 어색한 침묵이 떠올랐다. 거북이는 말없이 가스불을 껐고, 잠시 후 냄비와 그릇 두 개를 내 앞에 갖다놓았다.

"라면이었어?"

나는 여전히 잠이 덜 깬 상태였다.

노란색. 카레인 줄 알았더니, 카레라면이었다.

한동안 거북이는 면접에 대해 주저리주저리 떠들었다. 첫 면접이었고, 결과는 오리무중이다, 쥐새끼를 닮은 면접관이 있었고, 별볼일없는 회사치곤 꽤나 따지는 게 많았다, 인터뷰 도중 자기 이름을 두 번이나 틀리게 불렀다, 등등.

"듣고 있어요?"

나는 우물거리던 라면을 삼켰다.

"그래서, 붙을 것 같아?"

"글쎄요, 솔직히 그 정도 수준의 회사면, 돼도 안 갈 것 같아요. 일종의 자가진단이죠."

"설마……"

그때부터 우리는 할말은 다 했다는 듯 조용히 라면을 먹었다. 후루룩 후루룩, 후루룩 후루룩, 둘 다 평소에 비하면 의욕없이 깨작거리는 편이었다.

몇 젓갈쯤 먹었을 때, 거북이가 냉장고에서 물을 꺼내왔다. 하지만 한가득 컵에 따르더니, 마시지는 않고 어물쩍 내게 물었다.

"근데……"

후루룩.

"어젠 언제 들어왔어요?"

후루룩.

후루룩.

나는 카운터에서 계산을 끝낸 뒤 바로 무영각을 나왔다. 한방 맞은 기분으로 더럽고 구불구불한 골목을 빠져나왔다. 그때까지만 해도 나를 지켜본 녀석이 누구든 쉽게 찾아낼 수 있을 거라 생각했다.

'어디서부터 잘못됐을까?'

하지만 골목 끝에 다다르자 나도 모르게 피식 웃음이 났다.

'번화가라……'

종로거리는 인파로 북적거리고 있었다. 저마다 하나같이 검은 우산을 들고 있었다. 나는 한동안 어찌할 바를 모른 채 멍하니 멈춰 서 있었다.

'지금도 나를 보고 있을까?'

별수없었다. 나는 다시 왔던 길을 거슬러 무영각으로 돌아갔다. 어느새 익숙해진 길에선 누구와도 마주치지 않았다.

붉은 발을 걷고 안으로 들어서자, 에어컨 바람과 몇몇 시선이 쌀쌀하게 들러붙었다. 나는 한바퀴 바람을 쐬고 다시 돌아온 셈이었다. 부코스키는 텔레비전을 보며 쉬엄쉬엄 B쎄트를 먹고 있었고, 중국계 인부들은 여전히 알아들을 수 없는 말을 지껄이고 있었다. 모든 게 아까의 낯익은 풍경 그대로였다.

나는 이번엔 곧장 카운터로 향했다. 중국인 종업원이 지배인과 뭔가를 쑥덕거리다 나를 보고는 주춤주춤 주방으로 사라졌다.

"그 남자 말예요."

"네?"

아까와 달리 지배인은 왠지 점잖은 표정이었다.

"더 궁금하신 게 있나요?"

하지만 미소는 여전히 얄미웠다. 나는 좀더 가까이 다가서며 목소리를 낮췄다.

"아무래도 대충 얼굴이라도 알아야겠어요. 대충이라도 기억나는 대로."

지배인은 시선을 피하며 장부를 뒤적였다.

"얼굴에 대해선 딱히 뭐라 말씀드려야 할지 모르겠네요. 무슨 말인지 아시죠? 요즘은 워낙에 비슷비슷한 마스크들이 많다보니…… 그리고 아무래도 저희는 손님들 면상보다는 어떤 음식을 드셨나에 더 관심을 가져야 하니까."

"………"

"그분이 드신 건 간짜장이에요."

"그 사람, 여기서 언제쯤 나갔죠? 저도 한 시간 넘게 출입문을 보고 있었는데, 그동안 이 집을 들락거린 사람은 한 명도 없었거든요."

내가 다시 따지듯 묻자, 그는 떨떠름하게 턱을 쓰다듬었다. 그러고는 잠시 후 나를 똑바로 보더니, 예의 기분나쁜 미소를 지었다.

"저희 무영각에선 손님이 왕입니다. 근데 이것도 시장조사인가요?"

나는 대답하지 않았다. 그는 상관 않고 말을 이었다.

"그분은 간짜장을 드시면서 손님이 깨작거리는 걸 유심히 지켜 봤죠. 근데 뭐랄까, 왠지 모르지만 자연스러운 면이 있었어요. 손 님처럼 어설픈 핑계도 대지 않았고요. 어쨌든 한참을 그러고 있다 가, 손님 식사가 하도 오래 걸리니까, 기다리다 지쳤는지 계산을 하 고 가버리더군요. 담배 핀 것까지 쳐도 한 삼십분쯤 걸렸을까…… 그때쯤 손님은 볶음밥을 다 드시고 처음처럼 한 병과 짬뽕국물을 추가했고요."

부코스키가 슬그머니 나를 바라봤다. 인부들 몇몇이 연방 낄낄 대고 있었다. 올해는 유난히 여름이 길다. 나는 지배인을 돌아보며 다시 물었다.

"그 사람이 혹시 내 이름을 말하지 않던가요? 예를 들어 나를 어 떤 별명으로 불렀다든가 말예요."

하지만 지배인은 대답 대신 한심하다는 듯 나를 바라봤다. 아직 도 모르겠느냐는 듯.

부코스키가 무영각 골목 입구로 터벅터벅 걸어나온 건, 갑자기 비가 그치고 얼마 지나지 않은 시간이었다. 사위는 이미 어둑해져 있었다. 나는 한풀 열기가 꺾인 거리에서 그를 기다리고 있었다. 혹시나 하는 마음에 이따금 주변을 둘러봤지만, 딱히 눈에 띄는 사 람은 없었다.

내가 무영각을 나가기 전 지배인이 귀띔했다. 내가 한차례 가게

를 드나드는 사이, 부코스키가 고량주 한 병을 추가했으며—그것
까지 모두 네 병째였다—내가 혹시나 하고 기대했던 의외의 손님
같은 건 없었다고.

"웃기는 사람 같아요."

뚱뚱한 지배인은 뭐가 뭔지도 모르면서 이 상황을 즐기고 있는
듯했다. 나는 그에게 인사하며 알려줘서 고맙다고 말했다. 물론 그
말은 진심이었다.

집으로 돌아오는 길, 부코스키는 망설임없이 지하철에서 트림을
했다. 고량주 네 병에 취한 듯 비틀거리며 몇번이나 주변 사람들과
부딪쳤다. 올드보이의 빈틈일까? 그동안 알게 모르게 스트레스가
많았는지도 모른다.

충무로에서 지상으로 올라오자, 그날따라 거리는 월드컵 때마냥
북적거리고 있었다. 폐장 직전의 스타벅스는 여전히 젊은 사람들
로 가득했고, 이제 막 마지막 상영이 끝난 듯 대한극장 또한 시끌시
끌했다.

"별로 안 웃기네."

"이병헌은 십년째 후까시라니까."

방금 본 영화에 대한 한마디 한마디가 스쳤다. 거리엔 구석구석
취객들이 널브러져 있었다. 누군가는 내게 아는 척 말을 걸기도 했
다. 어차피 충무로를 거닐 때면 종종 겪는 일이었다.

나는 보폭을 좁히며 슬슬 부코스키에게 따라붙었다. 나름 시원

한 밤이었다. 어느 애견쎈터 앞에서 한 남자가 그동안 처먹은 것들을 힘겹게 게워내고 있었다. 상대적으로 행인이 뜸한 그늘에서 웅크리고 있는 모습이 왠지 철지난 찌라시를 연상시켰다.

방학중인데도 여기저기 학생들이 많았다. 다들 무엇을 기다리고 있을까. 예비군훈련을 끝내고 왔는지 개구리복을 입은 사내들도 이따금 눈에 띄었다.

과연 준비하고 또 준비하면 손에 쥘 수 있을까.

와닿지 않는다.

'말도 안되지.'

나는 보장슈퍼 앞에서 부코스키와 헤어졌고, 집으로 가는 어둑한 골목에 들어섰다. 온종일 돌아다닌 터라 녹초가 다 된 채로 질질 슬리퍼를 끌었다. 뜨문뜨문 이어지는 가로등의 노란 불빛 끝에 익숙한 글귀가 있었다.

ILL MATIC ♡
ASSSS OUTTT

그곳까지 나를 따라오는 사람은 없어 보였다. 어느새 내 그림자도 사라졌다. 나름 시원한 밤이었다.

"근데, 우리뿐일까?"

나는 숟가락으로 식은 국물을 휘저으며 물었다. 식욕이 없었는데도 나름 깔끔하게 해치운 셈이었다.

"뭐가요?"

"부코스키를 쫓는 사람 말이야. 사실 내가 주워듣기 전부터도
오랫동안 존재했던 소문이잖아? 동네사람들도 이미 다 알고 있는
얘기였고. 근데 이러고 있는 게 정말 우리뿐일까?"

"그럴 리가요."

거북이는 지난 달력을 넘기듯 심드렁하게 국물을 휘저었다. 단
정한 정장 차림새가 더욱 얄밉게 보였다.

나는 씽크대에 물을 받고 그릇과 수저를 담근 뒤 창가로 가 담배
를 꺼내들었다. 거북이는 그릇과 수저를 그대로 둔 채 노트북 앞에
앉았다. 그러고는 느리고 끈적끈적한 비트의 음악을 틀어놓은 채
실시간뉴스를 훑기 시작했다. 한동안 이러쿵저러쿵 헤드라인을 따
라가며 구시렁거리는 소리가 이어졌다. 나는 짜증스럽게 담배를
비벼껐다.

"무슨 일 있었어요?"

만약 거북이가 그렇게 물었다면 나는 뭐라고 대답했을까? 게임
은 끝났다고, 어차피 우리 사이엔 부코스키밖에 없었다고?

흰 커튼은 잠잠했다. 그후로 며칠 동안 맑은 날씨가 이어졌다.

누군가

"저 바나나 맛있겠네요."

거북이와 나는 과일 코너를 지났다. 시식대 앞에서 담당직원이 노랗고 빨간 껍질의 바나나를 작게 썰고 있었다.

"필리핀에서 온 건데, 보시다시피 빨간색도 섞여 있고 독특한 향이 나요. 안 사셔도 되는 거니까 한번 맛보세요."

언젠가 이대 앞에서 봤던 핑크색 주스가 떠올랐다.

'비오는 날 그런 게 팔리기나 할까……'

그때, 거북이가 툭툭 옆구리를 찔렀다. 안 그럴 것 같으면서도 그녀는 매번 시식하는 걸 쑥스러워했다. 하긴 부코스키에 관해서도 언제나 말만 앞섰을 뿐, 직접 나선 것은 초반 한번뿐이었다. 나는 그녀의 몫까지 바나나 두 조각을 집어들었다.

"라디오에서 들은 적이 있는데, 지구상에서 점점 바나나가 사라져가고 있다네요. 단가가 너무 낮아서라나? 이젠 코끼리 사료로 사용되는 것 말고는 수지가 맞지 않는대요. 나 어렸을 땐 비싸서 못 먹었는데."

"그래?"

나는 가격표를 확인했다.

"별로 싸진 않은데…… 근거가 있는 얘기야?"

"이거야 마진 때문이고 현지에선 무지 싸다는 거죠. 확실해요.

누구한테 주워들은 게 아니라 라디오에서 들은 거니까."

"아, 그래."

별일 없니?

제때 답을 하지 않아서인지, 최근 엄마에게서 메씨지가 자주 왔다. 나는 좀더 성의있게 답장을 적기로 했다.

잘 있어요. 여기저기 알아보고도 있고.
추석 때 내려갈게요. 집엔 별일 없죠??

하지만 왠지 어색했다. 나는 두 문장을 삭제했다.

잘 있어요.
집엔 별일 없죠??

"어?"

거북이가 다시 카트를 꺾었다.

"저 돈까스 먹어봤어요? 괜히 색깔만 넣은 것 같긴 한데, 무슨 맛이 나려나."

"왠지 조잡한데?"

우리는 녹색 튀김옷을 입힌 돈까스를 지나쳤다.

"이젠 마트에 와도 별로 살 게 없네요. 요즘은 일주일에 한번이나 올까 하는 건데."

거북이는 괴상하게 생긴 채소팩을 꺼내더니 랩에 붙은 스티커를 가리켰다. 원산지가 예멘으로 표기되어 있었다.

"예멘 수도가 어딘 줄 알아요?"

"왜?"

"알아요?"

"몰라."

그녀는 얄밉게 웃더니 속삭였다.

"사나."

"그런 거 잘 알아?"

나는 낯선 국가를 떠올렸다. 하지만 딱히 생각나는 게 없었다.

"페루도 알아?"

"네?"

"페루 말이야. 페루 수도."

"리마 아네요?"

생각해보면 긁어 부스럼을 만든 건 거북이였다. 애초에 하필 '미행'이란 번거로운 방법을 선택한 것도, 나를 이 장난 같은 게임에 밀어넣고는 슬쩍 몸을 뺀 것도 모두 거북이였다.

우리는 포카리스웨트가 피라미드 모양으로 쌓여 있는 코너를 지났다.

"카리는?"

"카리?"

"포카리 말이야. 포카리 원산지가 어딘지 알아?"

"이스라엘이죠."

거북이는 우습다는 듯 페트병을 꺼내들었다.

원재료명/그레이프 후르츠 농축과실즙(이스라엘산)

"쿠웨이트가 아녔구나."

"이마트 한두 번 와요?"

"그게 마트랑 무슨 상관이야?"

그녀는 다시 얄밉게 웃었다.

"알게 모르게 다 관련이 있는 거예요."

하지만 처음부터 따지고 보면 부코스키에 대해 직접 들은 것도, 그 소문을 거북이에게 전달한 것도 나였다. 그럼 거북이는 전혀 책임이 없는 건가?

혹시 또다른 누군가가 있었는지도 모른다. 나보다 앞서 거북이에게 소문을 전해준 누군가…… 아니면 거북이가 어디서 주워들었을 수도 있다. 여기저기 떠도는 소문이야 널려 있지 않은가.

"룩셈부르크는?"

"룩셈부르크."

"네팔은?"

"카트만두. 지금 날 무시해요?"

나는 범계에서 그를 보냈던 일에 대해 거북이에게 말하지 않았
다. 물론 검은 우산에 대해서도 말하지 않았다. 그랬다가는 영영
이 게임을 끝낼 수 없을지도 모른단 생각이 들었던 것이다. 어떤 의
미에선, 그간의 점수를 만회할 기회였다.

요구르트와 라면, 냉동식품 몇개를 사고 우리는 계산대 앞에 섰
다. 거북이는 몇개 되지도 않는 상품들을 카트에서 계산대로 옮겼다.
"근데 넌 어제 뭐 했어?"
나는 지갑을 꺼내며 물었다. 그녀는 아무렇지도 않은 듯 나를 쳐
다봤다.
"그냥 친구 만나고, 밥 먹고…… 뭐, 그랬죠."
"친구 누구?"
"말하면 알아요?"
거북이의 얼굴은 태연했다. 나는 알아내야 할 게 많았고, 천천히
알아갈 수 있으리라 생각했다.

비오는 날

아침부터 제법 빗줄기가 거센 날이었다. 부코스키는 보장슈퍼
를 벗어난 사거리에서 중구청 방향으로 길을 건넜다. 평소에는 잘

다니지 않던 루트였다. 하지만 건너편을 이용했다는 걸 제외하면 어느 때와 다를 바 없었다. 결국은 평소와 다름없이 충무로역에 이르렀기 때문이다. 그러나 역에 다다르기 전 부코스키는 진양상가 앞 버스정류장에서 걸음을 멈추었다.

그가 아침부터 버스를 타는 건 매우 드문 일이었다. 생각보다 많은 사람들이 그곳에서 버스를 기다리고 있었다. 604번이 도착하자, 어림했던 것보다 더 많은 사람들이 버스에 올랐다. 부코스키는 맨 뒷좌석에 자리했고, 나는 왼편 창가 자리에 앉았다. 교통카드를 찍은 후부터 얼마 못 가 버스가 신호에 걸릴 때까지 나는 서둘러 승객들을 둘러봤다. 하지만 딱히 수상한 사람은 보이지 않았다. 게다가 나는 침착하지 못했다.

'분명 이 안에 있을 텐데……'

하지만 그 버스 안에서 얼굴도 모르는 누군가 — 더구나 중국집 지배인의 말대로라면 평범한 마스크 — 를 찾아낸다는 건 거의 불가능에 가까웠다. 충무로와 명동입구를 거치며 604번은 그야말로 만원버스로 변해버렸던 것이다. 좌석은커녕 발디딜 틈도 없어 보였다.

창밖의 도로까지 모든 것이 달력 사진처럼 멈춰 있었다. 알 수 없는 막막함이 그곳을 떠다니고 있었다. 에어컨이라도 없었다면 견디기 힘들었을 것이다.

회현을 지나자 내 앞에 한 여학생이 섰다. 그녀는 빨간 야구모자를 눌러쓴 채 고개를 숙이고 있었는데, 커다란 헤드쎄트가 머리를 다 덮고 있었다. 졸고 있는 건지 음악을 듣고 있는 건지, 그녀는 만리동 고개를 넘을 때까지 한번도 고개를 들지 않았다. 하지만 조용했기 때문일까, 그녀의 음악은 내게도 들려왔다. 언뜻언뜻 새어나오는 박자가 초침처럼 일정했다.

서울역을 지나고 만리동고개와 한겨레신문사를 지나는 동안 사람들이 조금씩 타고 내리고 자리를 옮겼다. 흔들리는 사람들 틈으로 삐거덕삐거덕 앞유리 위를 움직이는 와이퍼가 보였다. 버스는 고갯길을 조금씩 전진했지만, 가는 둥 마는 둥 자꾸 어중간한 위치에서 멈추기 일쑤였다. 여학생의 음악 속에서 박자는 일정하게 반복됐다. 빗방울이 차창에 빠르게 맺혔다.

가다가 멈추고, 가다가 멈추고, 사람들은 버스기사의 발끝에 따라 움찔움찔 흔들렸다. 만약 나를 뒤쫓는 누군가가 있었다면 그때 그 버스에 있었을 것이다. 하지만 그렇게 비틀거리는 똑같은 좀비들 가운데 누가 똥이고 누가 된장인지 어찌 구분할 수 있을까. 나는 틈틈이 승객들을 훑어봤지만, 끝내 의심할 만한 사람을 발견하지 못했다. 오히려 그때 내 눈에 띈 건 생뚱맞게도 조그마한 벌 한 마리였다. 누군가의 어깨에 붙었다가, 가슴에 붙었다가, 어디론가 날아갔다가, 녀석은 비실비실 사람들 사이를 맴돌았다. 사실 처음엔 파리인 줄 알았다. 내 눈에 띄었다가, 다시 사라졌다가, 녀석은 세상과는 다른 속도로 보이지도 않는 바람에 떠다니고 있었다.

한편 부코스키는 신문도 펴지 않은 채 뒷좌석에 가만히 앉아 있었다. 이젠 그가 저렇게 얌전히 있으니 괜히 나를 감시하고 있는 것처럼 느껴졌다.

여학생은 충정로 로터리를 지날 즈음 자리에 앉았다. 그즈음엔 도로도 다소 숨통이 트였고, 604번은 서울여고와 서강대를 기분좋게 통과했다. 그때부터 나는 여학생을 흥미롭게 지켜보았다. 언제부터인지 그녀가 음악에 맞춰 조그만 발을 까딱거리고 있었기 때문이다. 하나 둘, 하나 둘…… 비포장도로를 달리듯 버스가 덜컹거렸다면 더 좋지 않았을까. 나는 그녀의 까딱거림을 어림했다. 박자로 보아 힙합 같았다.

그녀의 뒷좌석에 있던 중년남자는 뿌연 창문에 입김을 불어 뭔가를 쓰고 있었다. 저것도 낙서인가? 남자의 뭉툭한 손가락이 조심조심 움직였다. 하지만 맘처럼 되지 않는지 시큰둥한 표정이었다.

'뭐라고 적었을까?'

궁금하긴 했지만, 어차피 보일 리도 없었다. 에어컨 바람이 음악처럼 상쾌하게 버스 안을 맴돌고 있었다.

'벌이든 힙합이든 낙서든, 아무튼……'

주변이 한산해지자, 나는 서서히 내릴 채비를 했다. 그동안 나를 쫓아다닌 게 누군지 잡아낼 시간이었다.

어떤 의미에선 그동안 잃은 점수를 만회할 기회였다.

부코스키는 홍대입구역에서 하차했다. 2번 출구를 통해 역사로 들어갔고 내부를 가로질러 다시 7번 출구로 빠져나왔다. 이른 시간임에도 사람들이 꽤 많았다. 나는 누가 우리처럼 움직이고 있는지 확인하고 싶었지만, 생각만큼 쉬운 일은 아니었다. 좀더 한산한 곳에 갈 때까지 기다리는 게 나을 듯했다. 어차피 부코스키는 이런 복잡한 장소만 다니는 게 아니니 말이다.

우리는 곧 '걷고 싶은 거리'란 이름의 거리를 걸었다. 셔터를 내린 술집들과 양옆으로 늘어선 옷가게, 그리고 천막을 덮어놓은 리어카 행렬들을 지나쳤다. 그사이 빗발은 다소 가늘게 변했다. 그렇게 얼마쯤 걷자 작은 사거리에 이르렀다. 짧은 횡단보도를 사이에 두고 사람들이 빨간 신호에 묶여 있었다.

그쯤에서 부코스키는 신호등 근처의 GS25에 들렀다. 나는 따라 들어가지 않고 밖에 남아 주변을 둘러봤다. 신호가 바뀌자 사람들이 우르르 횡단보도로 쏟아졌다. 늘 그렇지만 머리 위로 솟은 우산들 때문에 실제보다 더 혼잡해 보였다.

처음엔 딱히 눈여겨볼 만한 게 없었다. 큰 기대 없이 쭉 건너편을 훑어봤을 뿐이다. 그러다 어느 순간 횡단보도 너머 속옷가게에서 시선이 멈췄다. 그곳에 있는 검은 우산 속의 남자가 왠지 낯익어 보였기 때문이다.

'아까 버스에 있던 놈 아닌가? 아니, 홍대입구였나?'

나는 관심없는 척 뜨문뜨문 남자를 관찰했다. 멀리서 보기엔 얼핏 MC몽을 닮았는데, 은근히 낯이 익은 게 단지 그 때문만은 아닌 듯했다.

'설마……'

하지만 잠깐의 의심은 너무나 쉽게 사라지고 말았다. 잠시 후 근처를 두리번거리던 남자가 갑자기 바보처럼 싱글거리더니, 어디선가 나타난 여자가 스르륵 그에게 다가섰기 때문이다. 둘은 한동안 마주보고 웃었고, 곧 여자 쪽이 우산을 접고 남자의 우산 속으로 들어갔다.

'커플인가?'

남자가 뭐라 말하자, 여자는 진짜 MC몽을 만난 게 아닐까 싶을 정도로 크게 깔깔댔다. 아무래도 사귄 지 얼마 되지 않은 모양이었다.

'······헛짚었군.'

때마침 한참을 냉장고 앞에서 얼쩡대던 부코스키가 밖으로 나왔다. 한손엔 포카리스웨트, 다른 손엔 여행용 티슈를 들고 있었다.

'뭐 저렇게 큰 휴지를 샀지?'

그는 입구에서 우산을 펴기 전에 요란하게 코를 풀었다. 그러잖아도 주변을 살피며 따라붙느라 힘이 두 배로 드는데, 왠지 예감이 좋지 않았다.

우리는 다시 걷기 시작했다. 부코스키는 코 푼 휴지를 아무렇게나 거리에 버렸다. 물론 MC몽 커플은 그대로 거리에 남았다.

비슷비슷한 옷가게와 커피숍이 지겹게 이어졌다. 내 우산은 심심찮게 맞은편에서 오는 형형색색의 우산들과 부딪쳤다. 왜 그랬는지 모르겠지만, 그럴 때마다 별로 인상적일 것도 없던 MC몽 커플의 표정과 웃음이 떠올랐다. 평범한 커플이랄까? 언제든 다툴 준비가 돼 있고, 언제든 사랑할 준비가 돼 있는 남녀 한쌍, 뭐 그 정도로 정의해도 될지 모르겠다.

꼴에 홍대라고, 걷다보니 디자인회사가 자주 눈에 띄었다. 하나같이 코딱지만했지만, 개중엔 그럭저럭 탄탄한 곳도 있지 않을까. 다음엔 저런 종류의 회사에도 이력서를 던져봐야겠다고 생각했다. 딱히 이유랄 건 없었다. 왠지 만만해 보였달까.

마침내 부코스키는 완만한 경사의 언덕과 몇개의 계단을 지나어느 놀이터에 다다랐다. 그는 여의도와 범계에서 그랬듯 젖은 벤치에 아무렇지도 않게 앉았다. 물론 우산까지 손에 든 채였다.

'저런 짓을 보면 또라이처럼 한가닥 해줄 법도 한데……'

나는 멀찌감치 떨어져 담배를 꺼내들었다. 취직하면 담배부터 끊을까? 기왕이면 현재의 금연 트렌드가 끝나기 전에 말이다.

부코스키는 우산 속에서 주변을 둘러봤다. 이따금 내가 어디쯤 있는지 확인하기도 했고, 놀이터를 둘러싼 노점상들을 하나하나 살펴보기도 했다.

'좀 있으면 점심인가?'

아마 그럴 것이었다. 근처에 있는 삼층짜리 건물에서 후줄근한 차림의 여자들 셋이 튀어나왔다. 도시락이라도 사러 가는지, 그녀들은 우산도 없이 촐랑거리며 어디론가 총총 달려갔다. 아직 오전 중인데도 제법 유동인구가 많은 거리였다. 담담한 얼굴로 땡땡한 가방을 멘 여학생 하나가 내 앞을 스쳐지났다. 언젠가 다른 거리에서도 본 학생이었다.

나는 필립 말로우처럼 텁텁하게 담배를 피우면서 틈틈이 주변의 움직임을 체크했다. 혹시나 들킬까봐, 겉으로 내색하지 않기 위해 나름 주의를 기울였다. 내가 눈치챘다는 걸 알면 녀석도 몸을 숨길까? 부코스키는 처음 나를 발견했을 때 어떤 기분이었을까?

공교롭게도 그런 시시껄렁한 생각들에 빠져 있을 때 문득 누군가가 내 눈에 들어왔다. 건너편 노래방 입구에서 담배를 피우던 사내가 나와 눈이 마주치자 슬쩍 시선을 거뒀던 것이다.

'뭐야?'

한눈에도 저 녀석이겠다 싶었다. 지나치게 간단했다.

나는 관심없는 척 그를 향해 연기를 뱉고는 반대편으로 고개를 돌렸다. 언젠가 담뱃불이라도 빌려간 듯 익숙한 얼굴이었다.

"검은 우산. 매우 평범함."

아마도 거북이가 있었다면 그렇게 말했을 것이다. 하지만 나는 이제부터 어찌해야 할지 아무런 대책이 없었다.

검은 우산

부코스키는 놀이터 가장자리에 있는 노점상들 중 한곳으로 들어갔다. 잠시 후 주인아줌마가 뻘건 김치전과 윤기가 흐르는 닭꼬치 하나를 내밀었다. 그러거나 말거나 검은 우산은 새 담배를 꺼내들었다.

"저 아저씨가 뭐라던가요?"

부코스키가 자리를 뜬 뒤, 나는 그 노점상에 가서 천원짜리 커다란 핫도그를 주문했다. 주인아줌마는 핫도그를 기름에 튀기며 저 아저씨 어딘가 이상하더라, 나이에 안 맞게 별 쓸데없는 걸 묻더라, 주저리주저리 떠들었다. 하지만 별로 궁금한 것도 아니었기에, 나는 부코스키가 어디쯤 가는지, 검은 우산이 어디쯤 서 있는지 눈으로 확인하며 대충 흘러들었다.

문득, 내가 이 자리를 뜨면 저 녀석이 이곳에 들러 나에 대해 물어보지 않을까 하는 생각이 들었다. 어떤 남자가 나타나서 나에 대해 묻거든 거짓말을 해달라고 할까? 아니, 그보다 나를 뭐라고 부르는지 기억해두라고 할까? 순식간에 여러 생각이 오갔지만, 막상 부탁하려고 보니 말을 떼기가 쉽지 않았다. 일일이 설명할 시간도 없고, 새삼스레 창피하기도 했고……

"근데 뭐 좋은 일 있나봐요?"

그때 아줌마가 새로 튀긴 핫도그를 건네며 말했다.

"왜 그렇게 실실 웃어요?"

핫도그는 껍질이 바삭했다. 그녀는 손수 케첩을 뿌려주었다.

우리 셋은 홍대 정문 앞을 지나 신촌 기찻길 방향으로 이동했다. 입시를 전문으로 하는 미술학원들이 많았다. 습작에 가까운 그림들이 여기저기 널려 있었고, 어떤 가게 앞에는 나무패널이나 예술 관련 서적들이 짐짝처럼 켜켜이 바닥에 쌓여 있었다. 또 어느 학원 앞에는 괴물처럼 기괴하게 생긴 물체가 있었는데, 가까이서 보니 그것은 수십개의 똑같은 거울로 이루어진 조각품이었다.

나는 앞뒤로 십 미터 정도의 간격을 유지한 채 걸었다. 부코스키와의 속도를 조정하기 위해 멈춰설 때는 슬쩍 뒤돌아 검은 우산의 위치를 확인하기도 했다. 거리엔 다른 행인들도 많았다. 겉으로 드러나지 않았을 뿐, 이것은 누가 봐도 우스꽝스러운 행렬이었다.

'제법 집요하긴 한데, 더럽게 어설프네.'

'그나저나 원래는 뭘 하던 놈이었을까?'

여러가지가 궁금하긴 했지만, 역시 가장 궁금한 것은 저 녀석이 언제부터 나를 따라왔을까 하는 것이었다. 강남역, 신촌, 종로, 범계…… 익숙한 지명들이 빠르게 머리를 스쳐갔다. 그곳 어디에 녀석이 숨을 데가 있었을까?

우리는 계속 걸었다. 길가엔 몇 미터씩 일정한 간격을 두고 나무들이 심겨 있었다. 드물게 버스정류장이나 쓰레기통, 우체통 따위가 눈에 띄었다. 결국 나는 쓰레기통을 택하기로 했다. 멀찍이 신촌역 오거리가 보이는 길, 몇번째인지 모를 은색 쓰레기통을 지날 때였다. 나는 갑자기 걸음을 멈췄다.

등뒤에 있던 검은 우산은 내가 하는 행동을 제대로 볼 수 없었을 것이다. 적당한 사각이 생긴 찰나, 나는 주섬주섬 가방을 열어 뭔가를 꺼내는 시늉을 했다. 그리고 순식간에 그것을 쓰레기통에 처넣는 시늉까지. 이 모든 쇼에 걸린 시간은 십초도 되지 않았지만, 녀석의 호기심을 끄는 데는 충분할 거라 생각했다. 줄줄이 이어지는 우산의 행렬 속이었지만, 녀석은 내 행동을 놓치지 않았을 것이다.

부코스키가 내게 주지 않은 팁. 내가 파놓은 작은 덫.

나는 부코스키엔 아랑곳않고 다시 태연하게 걷다가 얼마쯤 지나 슬쩍 뒤를 돌아봤다. 검은 우산이 문제의 쓰레기통을 지나치고 있었다. 하지만 녀석은 단 일초도 머뭇거리지 않았다. 분명, 그곳에는 눈길 한번 주지 않았다.

'나를 의식하긴 하는 건가?'

나중에라도 몰래 살피러 오지 않을까, 은근히 기대하면서도 멍청한 짓을 했다는 느낌을 지울 수 없었다.

'뭐, 이 정도쯤이야……'

왠지 다시 한 점, 점수를 뺏긴 느낌이었다.

오후 두시쯤 됐을까, 비는 비교적 일찍 그쳤다. 그동안 부코스키는 한적한 거리를 유유자적 걸었고, 틈틈이 바쁜 거리에 멈춰서서 사람들을 구경했다. 모든 게 평소와 같았다. 검은 우산이나 나도 그리 다를 건 없었다.

그때까지만 해도 나는 녀석을 어떻게 처리할지 정하지 못하고 있었다. 우산이 하나둘 거리에서 사라졌고, 제법 뜨거운 태양이 구름 걷힌 하늘에 모습을 드러냈다. 그러는 사이 부코스키는 몇개의 버스정류장을 그냥 지나쳤다. 모르긴 몰라도, 그새 버스노선을 확인하지 않았을까 싶었다. 결국 우리는 광흥창역에서 지하철을 탔고, 두 번을 환승했다. 물론 말할 것도 없이 목적지는 충무로였다.

광흥창에서 오른 6호선은 매우 한산했다. 효창공원까지는 같은 열차칸에 우리 셋이 승객의 전부일 정도였다. 다들 우스울 정도로 가까이 모인 꼴이었다. 점점 현실감이 없었다.

충무로에 도착하자 우리의 행렬은 더욱 선명해졌다. 애견센터 앞을 지날 때 개 몇마리가 우리를 보고 짖었다. 비가 그친 뒤 한결 깨끗해진 거리를 남자 셋이 나란히 통과했다. 그리고 마침내 보장슈퍼에 도착했을 때, 부코스키는 기별 없이 안으로 사라졌다. 아마도 파란 셔터 안에서 조용히 남은 하루를 마감하지 않을까.

'아……'

누가 뭐래도 그날의 미행은 그 순간을 위해 존재했다. 나는 부코스키가 보장슈퍼로 사라진 뒤에야 비로소 그 사실을 깨달았다. 검은 우산의 정체에만 너무 신경을 쓰다보니, 더 시급한 문제를 그만 간과하고 있었던 것이다.

'이제 어디로 가면 되지?'

녀석은 여전히 나를 따라오고 있었다. 나는 속으로는 갈팡질팡했지만 잠시도 걸음을 멈추지 않았다. 그러면 녀석도 멈출 게 뻔했다.

'내가 알아서 가도 되나?'

나는 늘 걷던 길을 따라 걸었고 금세 익숙한 골목에 다다랐다. 낙서 앞에 멈춰서 담배에 불을 붙이면서 슬쩍 돌아보니, 녀석은 길을 건너지 않은 채 건너편에 그대로 서 있었다. 그는 뭐가 묻었는지 바지를 탁탁 털었고, 커다란 우산을 앞뒤로 흔들며 나를 바라봤다.

그러고는 무슨 결심이라도 한 듯 씩 웃었다. 왠지 나를 향한 비웃음 처럼 느껴졌다.

'저 녀석도 눈치챘나? 그럼 오늘은 이 정도면 된 거 아닌가?'

사실 나는 그만 물러서고 싶었다. 하지만 검은 우산은 나보다 대 담했다. 내가 우물쭈물하는 사이, 녀석이 미소를 지으며 성큼성큼 길을 건넌 것이다. 녀석은 부코스키와 달리 발걸음이 가벼웠다.

검은 우산은 내 앞에 서자 웃음을 거두고 말했다.

"불 좀 빌릴 수 있을까요?"

나는 머뭇거림없이 라이터를 건넸다. 그는 말없이 불을 붙이고 연기를 뿜었다. 가까이서 보니 어딘가 낯익은 얼굴인데, 딱히 어디 서 봤는지는 기억이 나지 않았다.

"이 동네 사세요? 어디선가 뵌 것 같은데⋯⋯"

나는 어색하게 웃으며 말했다. 하지만 그는 대꾸하지 않고 연방 하얀 연기만 허공에 뱉을 뿐이었다. 한 손엔 담배를, 다른 손엔 커 다란 우산을 쥐고 있었다.

"⋯⋯⋯"

"⋯⋯⋯"

시간이 천천히 흘렀다. 담배 한 개비가 겨우 사라졌다. 그가 꽁 초를 버리자, 침묵은 더욱 무겁게 다가왔다. 나를 쫓아다닌 지 꽤 오래된 것 같았다. 반면 부코스키에 대해서는 전혀 관심이 없었다. 나는 별 이유 없이 그렇게 확신했다.

"그럼 수고하세요."

마침내 그는 툭 한마디를 내뱉고는 다시 건너편으로 돌아갔다.

거북이

그날 이후 나는 다시 비가 오기만을 기다렸다.

'사실 뭐 해를 끼친 건 없잖아? 하지만 녀석도 나이가 있을 텐데, 아무 생각 없이 그러는 건 아닐 테고……'

나는 검은 우산에 대해 오랫동안 생각했다. 심증은 있어도 물증은 없었다. 아니, 설령 물증이 있다 해도 내가 할 수 있는 건 없었다. 모든 걸 안다 해도 달라지는 건 없을지 모른다. 그게 결론이었다. 생각은 자꾸 원점으로 돌아갔다. 별수없다. 다시 비가 오기를 기다리는 수밖에.

나는 시간을 견디기 위해 이력서를 썼다. 이따금 만만한 회사의 공고가 게시판에 올라오기도 했다.

"요즘 뭐 좋은 일 있어요?"

어느날 거북이가 물었다.

"별로. 왜?"

"인상이 좀 핀 것 같은데……"

그즈음엔 거북이나 나나 하루 스케줄이 비슷했다. 둘 다 방구석에서 인터넷을 돌며 이력서를 쓰는 것. 물론 맑은 날에만 그랬다.

내 경우엔 쓰긴 써도 막상 제출하는 건 거의 없었지만 말이다.

"요즘엔 일기예보가 자주 틀리나봐요?"

"그래?"

"여기 보니깐 그동안 오보가 꽤나 많았다네요."

"그래도 비오는 날 정도야 잘 맞으니까."

"문제는 슈퍼컴퓨터 때문이래요."

그날도 그저 그런 날들 중 하나였다. 거북이는 노트북 앞에 앉아 이력서 작업을 하고 있었고, 나는 바닥에 누워 책을 보는 둥 마는 둥 더위에 지쳐가고 있었다.

"얼마 전에 이상한 게 있긴 있었어. 범계인가 하는 곳에 갔을 때."

나는 기회를 틈타 부코스키 이야기를 끄집어냈다.

"범계요?"

"응, 거기 알아?"

"과천 옆에 아네요? 범과 닭."

"맞아, 평촌 근처. 하여간 얼마 전에 그 동네 공원에 간 적이 있는데, 거기서 부코스키가 유독 한 벤치에만 오래 머물러 있었거든. 다른 날과 비교해봐도 유난할 정도로 오래."

"⋯⋯?"

"그래서 나중에 슬쩍 가서 그 벤치를 살펴봤는데⋯⋯"

"근데요?"

"거기 뭐가 있었는지 알아?"

“……?”

“낙서.”

놀랄 거라 생각지도 않았지만, 거북이는 시시하다는 듯 모니터로 돌아앉았다. 그러고는 타닥타닥 한동안 타이핑에 열중했다. 나는 누운 채로 그녀의 타이핑 소리를 들으며 다시 책을 읽기 시작했다.

얼마 후 작업이 끝나자, 거북이는 뭐라 뭐라 중얼거리며 내 옆에 퍼질러누웠다.

“다 한 거야?”

“네.”

이제 교대, 내가 노트북 앞에 앉았다. 채용싸이트를 뒤지다가 뉴스를 보다가 하면서, 이년 넘게 계속해온 레이스에 다시 참여했다. 뭐 빈틈이 있다 해도, 차고 들어갈 맘도 없었지만.

“그 낙서는 어떻게 할까?”

“범계요?”

선풍기가 우리 사이를 삐거덕삐거덕 회전했다.

“계속 주시하도록 해요.”

시간이 천천히 흘렀다. 퍼즐이 맞아가긴 하는 건지, 내가 뭘 기다리는지 나도 알 수 없었다.

잠에서 깼을 땐 사방이 어두웠다. 내가 언제 잠들었는지도 알 수 없었다. 사방이 어두웠기 때문에 ‘한여름에 이 정도면 여덟시도 넘은 건가?’ 하고 얼핏 짐작했을 뿐이다.

꼬르륵. 누운 채 뒤척거리자 허기가 밀려왔다. 아무래도 배가 고파 깬 것 같아 괜히 쓸쓸했다. 사실 거북이랑 같이 살기 전엔 이런 일이 잦은 편이었다. 나는 주섬주섬 일어나 냉장고에서 찬물을 꺼내 들이켰다. 금방이라도 전화벨이 울릴 듯 불안한 고요가 깔려 있었다. 마치 얼마 자지 않은 것 같은데, 며칠이 지나버린 느낌이랄까.

"뭐 맛있는 거나 먹어요."

어디선가 거북이가 말했다.

"삼겹살 먹은 지 얼마나 됐죠?"

냉장고에서 희미한 불빛이 새어나왔다. 그녀는 노트북도 켜지 않은 채 의자에 앉아 있었다.

"얼마나 잔 거지? 아까 네가 잠든 다음에 잔 거 같은데."

"되게 깊이 자던데요?"

"그래?"

"그럼 아까 잠꼬대했던 것도 기억 안 나겠네요?"

잠꼬대? 오랜만에 듣는 소리였다. 어릴 땐 종종 잠꼬대를 했었는데.

"뭐라 그랬는데?"

"밥은 먹고 다니냐고."

나는 냉장고 문을 열어둔 채 그대로 바닥에 앉았다.

"그래서 저녁으로 삼겹살 먹자고?"

"저녁때는 이미 지났어요."

"근데 고기 먹으려면 필요한 게 너무 많지 않아?"

"집에 뭐 있는데요?"

"보시다시피……"

나는 썰렁한 냉장실을 가리켰다.

"웬만한 것만 있으면 돼요."

어둠속에서 거북이가 일어났다.

"아마 고기만 사오면 될걸요?"

"이마트?"

"그냥 요 앞 편의점 가요."

그날 밤도 여느 밤들과 다르지 않았다. 여러모로 평범한 밤이었다고 할까. 소주까지 곁들여 삼겹살을 해치운 뒤에는 섹스를 했고, 둘 다 만족했다. 그리고 불을 끄고 누운 뒤에는 함께 「그레이 아나토미」를 보며 잠을 청했다. 아마도 내가 먼저 잠들었던 것 같다.

하지만 나는 한밤중에 문득 깨어났다. 낮잠 때문이었는지 악몽 때문이었는지, 이도 저도 아니면 왱왱대는 모기나 밖에서 짖어대는 누렁이 때문이었는지…… 어쨌든 그후로는 다시 잠들지 못했다. 짜증이 날 만큼 심한 갈증을 느꼈지만, 일어나 물을 마시지도 시간을 확인하지도 않았다. 달빛도 가로등도 없이 캄캄한 밤이었다.

나는 다시 잠들기 위해 몇번이고 눈을 감았지만, 이상할 정도로 정신은 점점 또렷해져갔다. 어릴 땐 종종 그런 적이 있었다. 새벽에 문득 눈을 떴는데 더이상 잠은 오지 않고 쓸데없는 생각들만 꼬리에 꼬리를 물고 이어지는 때.

'서른살 소년……'

반면 거북이는 옆에서 강아지처럼 달게 자고 있었다. 어둠속이라 뚜렷이 볼 수는 없었지만, 손을 뻗으면 닿을 만큼 가까운 곳에 그녀가 있었다. 쌔근쌔근 숨소리가 들려오는 게 무슨 좋은 꿈이라도 꾸고 있는 듯했다.

문득 그런 생각이 스쳤다. 어쩌면 거북이도 나처럼 깨어 있는 건 아닐까? 나처럼 자는 척 그냥 누워 있는 건 아닐까? 나처럼 거북이도 오후 내내 낮잠을 잤을 테니……

"자?"

나는 나지막하게 물었다. 내 목소리지만 어딘가 낯설었다. 유치한 짓이었지만, 애당초 그녀를 거북이라 부른 건 왠지 얄밉게 보인 탓이었다. 물론 시간이 지나면 첫날쯤은 기억도 나지 않을 테지만.

거북이는 답이 없었다. 나는 어둠속에서 눈을 뜬 채 생각했다. 여름이 끝나면 부코스키도 저절로 끝인가? 처음엔 말도 안되는 애기라면서, 정말 그런 게 궁금하긴 한 건가?

"자?"

다시 묻자, 거북이는 못 들은 척 반대편으로 돌아누웠다. 아무리 어두워도 그 정도 움직임은 볼 수 있었다.

서른살 소년

　다시 아침부터 비가 내린 건 밤새 광화문 일대에서 어떤 단체의 시위가 있던 날이었다. 평소보다 조금 일찍 일어난 나는 아침 내내 인터넷방송을 시청했다. 밤새 시위를 계속한 사람들이 출근시간까지 남아 전경들과 힘겨운 대치를 이어가고 있었다.

　'비까지 오는데……'

　덕분에 심심하진 않았다. 하지만 결국 시간에 맞춰 나오느라 그 대치상황을 끝까지 보지 못했고, 약간은 찝찝한 채로 허겁지겁 집을 나섰다. 늘 그렇듯 부코스키는 아홉시 정각에 보장슈퍼에 나타났고, 충무로는 간밤에도 잠잠했던 것 같았다. 애견쎈터의 개들은 여전히 꿈나라를 어슬렁거리고 있었다.

　검은 우산이 내게 따라붙고 있다는 걸 눈치챈 건 충무로역 4호선 플랫폼으로 내려왔을 때였다. 어느 틈엔가 그가 출근하는 사람들 사이에 자연스레 섞여 있었다. 아마도 충무로역 근처의 어딘가가 그의 출발선, 그의 보장슈퍼가 아니었을까.

　그날은 동대문운동장에서 5호선으로 갈아탔고, 화곡역에서 하차했다. 부코스키는 2번 출구로 나와 다음 정거장이기도 한 우장산 방향으로 걷기 시작했다. 며칠간 기다린 것에 비하면 나는 의외로 차분했다. 밤새 이어졌다는 시위, 많지는 않지만 거리에 모여 있던 군중의 모습이 이따금 떠올랐다. 나는 틈틈이 검은 우산이 따라

186

오고 있음을 확인하며 평소와 다름없는 미행을 이어갔다.

그렇게 우장산역과 발산역을 지나며 한 시간 이상을 걸었다. 그러고는 가양동 홈플러스의 커피빈에 들러 삼십분가량 창가에 앉아 있기도 했다. 부코스키와 나는 신문을 펴들었고, 검은 우산은 커피를 홀짝이며 잡지를 뒤적거렸다. 그리고 휴식시간을 끝내고 커피빈을 나오고부터는 강서구청 방향으로 행렬을 이어갔다.

걷다가 멈추고, 걷다가 멈추고. 누가 봐도 우스꽝스러운 행렬이었다. 그때까지 나는 검은 우산에게 아무런 대응도 하지 않았다. 그러다 강서구청을 지나 얼마간 더 걸었을 때, 드디어 기다리던 도우미가 내 앞에 나타났다. 몇 미터 앞 도로변에 있던 경찰이 때마침 눈에 띄었던 것이다.

나는 망설일 것 없이 스르륵 그 경찰에게 다가갔다.

"수상한 놈이 따라오고 있어요."

경찰은 인터넷방송 속 전경들과는 달리 조금 무료해 보였다.

"이유는 모르겠지만 며칠째 계속 쫓아오고 있는데…… 지금 제 뒤로 검은 우산을 들고 갈색 크로스백을 메고 있는 남자……"

나는 억지로 심각한 척 다급한 척 온갖 표정을 지었다. 반면 경찰은 한치의 흔들림 없이 침묵을 지켰다. 마치 대수롭지 않은 일이라는 듯 싱거운 반응이었다. 말하고 있는 내가 쑥스러울 정도였다.

그래도 나는 될 대로 되라는 심정으로 말을 이었다.

"일단 잡아주세요. 혹시 모르니 조심하시고……"

하지만 무뚝뚝한 태도와 달리 행동은 확실했다. 내가 말을 끝내자, 경찰은 남자를 향해 움직이기 시작했다. 무슨 말인지는 알겠으니 저기 좀 떨어져 있으라는 말을 내뱉고.

나는 슬슬 뒷걸음질치기 시작했다. 그다지 멀리 떨어져 있지 않았으니, 녀석은 아까부터 이 상황을 지켜보고 있었을 것이다. 나는 둘의 맞닥뜨림을 확인하고 나서야 등을 돌렸다. 언뜻 당황하는 남자의 얼굴을 볼 수 있었다. 나는 발걸음을 재촉하며 한번 더 뒤를 돌아봤다. 남자와 경찰은 빗속에서 때아닌 실랑이를 벌이고 있었다. 나는 피식 웃고는, 더이상 뒤를 돌아보지 않았다.

'한 점 만회한 건가?'

나쁜 뜻은 없었다. 그냥 녀석에게 나를 알려주고 싶었다.

나는 다시 발 닿는 대로 걷기 시작했다. 휘어지는 도로를 따라 빠르게 걸음을 옮기니, 앞서가던 부코스키를 쉽게 따라잡을 수 있었다. 그후로는 평소처럼 산책하듯 미행을 이어갔다. 금세 아까의 장소에서 세 블록 이상을 벗어날 수 있었다. 길가엔 일정한 간격으로 나무들이 심겨 있었다.

Made By CO₂

환경부 캠페인이었다. 나무엔 야자열매 모형과 더불어 '우리 아이들은 열대기후에서 자랍니다'라는 글귀가 씌어진 작은 팻말이 붙어 있었다.

한동안 그렇게 걸으면서도 나는 이따금 뒤를 확인했다. 물론 더이상 검은 우산은 보이지 않았다. 그를 비웃는 것도, 행여 동정하는 것도 아니었지만 왠지 모르게 허전했다. 점수를 딴 건지 잃은 건지 알 수 없었다. 부코스키가 점심을 먹기 위해 어느 냉면집에 들어갔을 때도 나는 그대로 거리에 남았다. 얼마 전까지만 해도 분명 출출했는데, 남자 때문인지 어느새 허기가 가신 상태였다.

나는 하릴없이 담배에 불을 붙였다. 'Made By CO_2' 팻말 아래였다. 사차선도로엔 차들이 뜨문뜨문 오갈 뿐이었다. 무성한 이파리들 사이로 이따금 뚝뚝 빗방울이 떨어졌다.

그럭저럭 담배 한 개비를 피울 정도의 시간이 지났을 때, 차 한대가 스르륵 나타나 근처 도로변에 정차했다. 처음엔 택시인 줄 알았다. 하지만 다시 보니 경찰차였다. 곧 제복경찰 한 명이 내려 천천히 내게 다가왔다. 그는 나를 위아래로 훑어보더니 인사하듯 말했다.

"같이 좀 가주셔야 되겠는데요?"

같은 제복이지만, 아까의 무뚝뚝한 경찰과는 달리 친절한 말투였다.

"네?"

하지만 이 남자 역시 내 말엔 아무 대꾸도 하지 않았다. 그는 영문을 몰라하는 나를 아랑곳하지 않고 경찰차 뒷문을 열었다.

잠깐의 머뭇거림 끝에 나는 알아서 차에 올랐다. 남자가 뒷문을 닫자 잠금장치가 자동으로 작동됐다. 남자는 다시 터덜터덜 조수석으로 돌아갔다. 매우 여유롭고 자연스러운 연행이었다고 할까? 이상하게도 그나 나나 만날 지겹게 하던 일을 반복하는 느낌이었다.

"근데 무슨 일인지 말이라도 해주셔야……"

차가 출발하고 나서야 단 한마디, 나는 그렇게 질문했다. 뒷말을 흐려 딱히 질문 같지도 않게 들리는 질문이었다. 하지만 그 한마디에도 대꾸가 없자, 그후로는 저절로 입을 다물게 됐다.

차는 멀리 가지도 않았다. 이 동네엔 그 흔한 정체도 없었다.

파출소 내부는 밖에서 보던 것보다 훨씬 넓었다. 서너 명의 사람들이 이리저리 실내를 어슬렁거리고 있었고, 네 개의 책상이 놓여 있었다. 나를 데리고 온 경찰이 나를 그중 한곳에 앉히고 자신은 반대편에 자리했다. 그는 여전히 여유로운 태도였다. 내 이름과 나이를 물었고, 주민등록증을 꺼내보라고 했다. 그러고는 타닥타닥 키보드를 두드리며 질문을 이어갔다.

"그럼 지금은 뭐 하는 분이세요?"

"계속 취업준비중이에요. 언젠간 창업을 할지도 모르지만……"

"그러니까 지금은 아르바이트 같은 것도 하지 않고요?"

"네, 지금은."

"그럼 생활비는 어떻게 감당해요? 집이 잘사나봐요?"

"………"

"아, 부담은 갖지 마세요. 반드시 대답을 하셔야 하는 건 아니니까. 그냥 참고 삼아 물어보는 거예요. 음…… 그럼 군대는요? 군대는 갔다 왔고요?"

"네."

"어디요? 제대로 제대한 거예요?"

"공군이요."

"만기제대?"

"네."

그는 내게 기본적인 신상정보만 잔뜩 묻고 기록하더니, 그나마도 밑천이 떨어지자 한동안 침묵했다. 그리고 고만고만한 질문을 몇차례 더 반복한 뒤에야 본격적인 질문으로 넘어갔다.

"어떤 사람이 본인을 미행하고 있다고 신고하셨다면서요?"

"아, 네."

"본인이 누군가에게 미행을 당하고 있다면서 말이죠?"

"네, 아까 다른 분에게 설명했는데……"

"그거 사실이에요? 아니면 그냥 장난친 거예요? 설마 그냥 장난치신 건 아니겠죠?"

그러면 안되는 타이밍이란 걸 알면서도 나는 잠시 머뭇거렸다. 뭐라 대답하는 게 좋을까? 검은 우산이 대체 뭐라 했기에 나만 혼자 이런 꼴이 된 걸까? 대충이라도 돌아가는 꼴을 알아야 뭐라도 할 텐데……

"그 사람이 뭐라고 하던가요?"

나는 기회를 틈타 반문했다.

"본인이 더 잘 아실 거 아네요?"

그는 나를 보지도 않고 대꾸했다.

"........."

하지만 거기까지가 전부였다. 경찰은 내게 잠시 기다리라고 하고는 자리에서 일어났다. 돌아보니, 또다른 누군가가 새로 연행돼 온 모양이었다. 사실 이렇게 불려오는 것 자체를 연행이라 할 수 있을까 싶을 정도였다. 마치 동사무소에서 행정적인 문제를 처리하고 있는 기분이었다.

내 담당은 새로 연행된 누군가를 밖으로 데려가더니, 파출소 입구에 서서 같이 담배를 피우며 대화를 나눴다. 투명한 유리문을 통해 모습은 빤히 보였지만, 아무것도 들리지 않았다.

시간이 천천히 흘렀다. 한동안 사람들이 이래저래 들락거렸기 때문에 실내는 계속 분주했다. 나를 제외하면 오직 저 멀리 한 남자만이 한가하게 자리를 지키고 있었다.

'여기 소장인가?'

그럴 거라고 생각했지만, 확실하진 않았다. 그는 머리를 긁고 손톱을 깎고 눈앞의 서류를 펄럭거리다가 멍청하게 있는 나를 발견하고는 툭 한마디 던졌다.

"지금 다른 일 때문에 바빠서 그러는 거니까, 텔레비전이라도 보고 있어요."

그러고 보니 근처에 조그만 텔레비전이 있었다. 나는 알았다는 뜻으로 고개를 끄덕였다.

"별일 아닐 테니까, 너무 쫄지 말고."

나는 다시 고개를 끄덕이고는 멀뚱히 텔레비전을 보았다. 유재석과 다른 몇몇이 시골에서 밭일을 하며 땀을 흘리고 있었다. 그러면서도 다들 웃음을 멈추지 않았다. 왠지 검은 우산에게 한방 먹은 느낌이었다.

"좀만 있다 가면 될 거예요. 근데 식사는 했어요?"

파출소장으로 보이는 남자가 물었다.

"아, 네."

나는 적당히 웃으며 대답했다.

결국 나를 데려온 경찰은 어디론가 사라졌고, 나는 한 시간쯤 지나서야 밖으로 나올 수 있었다. 그즈음엔 거짓말처럼 비가 그쳐 있었다. 소득 없는 하루의 추레한 마무리였다.

인수인계

담배나 한대 피우고 싶었다. 나는 쾌적하고 시원한 빌딩을 서둘러 빠져나왔다.

"결과는 따로 연락드리겠습니다."

수고하셨다, 몇명이나 채용할지는 아직 잘 모르겠다, 하지만 서류심사가 통과되어 여기까지 온 여러분은 합격 여부에 관계없이 자격과 능력을 모두 인정받은 셈이다, 뽑히지 않더라도 저희 회사와 좋은 인연으로 남길 바란다. 면접이 끝나자 과장이란 놈은 그렇게 말했다. 또 마지막으로 최종합격이 아니더라도 이삼개월 정도 대기자로 간주해도 괜찮겠느냐고도 물었다.

"네, 괜찮습니다."

다들 한목소리로 대답했다.

광고기획사 중에선 나름 유명한 회사라고 알고 왔다. 그게 내가 아는 전부였다. 오늘은 임원 및 간부 면접이었는데, 인터뷰 도중 실무에 대해 얼마만큼 파악하고 있느냐는 질문이 있었다. 딱히 받아칠 만한 말이 없었다. 물론 답하지 못한 질문은 그뿐이 아니었다. 질문과 대답이 어긋날 때마다 점점 서로에게 모욕적인 자리란 생각마저 들었다. 그때부터 담배가 피우고 싶었다. 하지만 면접이 끝날 때까지는 이십분 이상을 기다려야 했다.

제대로 답하는 게 없는데도 예의바르게 대하는 면접관들이 고맙기까지 했다. 일찍이 포기한 나는 적당히 구색을 맞추며 잠재적 경쟁자들이기도 한 다른 면접자들의 인터뷰를 구경했다. 이심전심인가, 면접관들도 일찌감치 나를 제쳐놨는지 내게는 어떤 영화를 좋아하느냐는 등의 쓸데없는 질문만 던졌다.

"「밀리언 달러 베이비」란 영화가 있죠. 무엇이 진정 소중하고 가치있는 건지, 뭐 그런 아리송한 문제에 나름 명확한 기준을 제시하는 영화였습니다."

나는 실실 웃으며 그따위 대답을 하곤 했다.

"이상입니다."

의도한 건 아니었지만, 건방져 보였을지도 모른다. 알게 모르게 여유있는 척하는 꼴이 돼버렸지만, 사실 그 순간엔 나를 제외한 그곳의 모든 사람들이 부러웠다. 이상하게도 그들의 문답은 진지할수록 쿨해 보였다.

빌딩을 나오자마자 나는 담배부터 입에 물었다. 그날도 미치도록 찌는 날이었다. 정말 여름이 길어지는 걸까? 누구 말마따나 사계절이 사라지고 있는지도 모른다.

나는 흡연구역으로 마련된 벤치가 아닌 커다란 소나무 아래 그늘에 자리를 잡았다. 근처의 큰 바위에는 방금 면접을 본 회사의 로고가 크게 새겨져 있었다. 나는 쓸쓸하게 로고를 바라보며 라이터를 켰다. 아무래도 오늘도 공친 게 아닌가 싶었다. 아침부터 나름 긴장하고 나온 자리였다.

태양은 여전했다. 뭐가 됐든 한건 하고 한숨 돌리는가 싶었다. 그때 멀지 않은 곳에서 한 남자의 목소리가 들려왔다.

"그래서 놓친 거요? 갈 만한 데야 뻔하니까 좀 뒤져보면 나올 것도 같은데…… 아, 언제까지 기다려? 이번엔 절대 놓치면 안돼."

다급한 내용과는 달리 속삭이듯 가라앉은 목소리였다. 흘끗 보니, 바위 뒤편에서 누군가가 휴대폰을 들고 있었다.

"그러니까 당신네를 고용한 거 아뇨."

띄엄띄엄 끊겼지만, 대화는 계속됐다.

"사진은 찍은 거요? 물증이 있어야 돼. 하여간 문자라도 보내서 계속 알려줘요."

오십대 중반의 중년남자였다. 통화를 끝낸 남자는 한건 했다는 듯 크게 한숨을 쉬고는 담배를 꺼내들었다. 그러고는 담배를 뻐끔거리며 답답하다는 듯 휴대폰을 쏘아보다가, 억지로 시선을 피하듯 고개를 돌렸다. 나는 부코스키에게 하던 버릇대로 남자의 시선을 좇았다. 낙지요리 전문점 '요하'라는 식당이 눈에 들어왔다.

'요하는 또 무슨 뜻이지?'

그러고 보니 원효로1가에는 여기저기 뜻을 알 수 없는 기업 로고와 상호 들이 가득했다. 하지만 아까의 심상찮은 통화와 관련된 곳은 아닐 듯했다.

남자는 다시 성난 듯 휴대폰 버튼을 딸깍거리고 있었다. 요하에서 사람들 너덧이 몰려나왔다. 어중이떠중이 다들 화이트칼라, 개중엔 신입사원으로 보이는 치도 있었다. 저기도 뉴페이스인가? 나는 시간을 확인했다.

'업무 때문에 늦은 점심, 뭐 그런 건지도……'

앞서가던 둘이 라이터 하나로 담뱃불을 나눴고, 뒤따르던 녀석은 휴대폰을 꺼내들었다. 전체적으로 실실 쪼개는 분위기였다. 전방 건널목의 신호가 바뀌자 슬슬 그들의 걸음이 빨라졌다. 하나둘 횡단보도로 뛰어들었고, 몇몇 행인들도 같은 신호에 합류했다.

신호등이 고장난 게 아닌가 싶을 정도로 천천히 깜빡거렸다. 몇 대 되지도 않는 차들이 멍청하게 도로에 멈춰 있었다. 횡단보도를 건넌 이들은 곧 내 앞을 지나쳐갔다.

두시 삼십오분.

다시 파란불이 깜박였다. 차들이 서서히 움직이기 시작했다. 중년남자는 고개를 돌려 내 쪽을 쳐다봤고, 나는 모른 척 새 담배를 입에 물었다. 계속 앉아 있자니 엉덩이에 땀이 찼지만, 왠지 쉽게 발이 떨어지지 않았다.

"이봐, 내 얘기 엿들었지?"

남자가 먼저 입을 열었다.

"아까 통화하던 거 말이야. 들었잖아?"

"아, 그건……"

굳이 안해도 되는 대답이었다.

"일부러 엿들은 건 아니고요."

혹시나 했지만, 그는 더이상 아무 말이 없었다. 그사이 건너편엔 정체를 알 수 없는 트럭 한 대가 정차했다. 무슨 문제라도 있는지 양쪽 경고등을 모두 켠 채였다. 트럭엔 기다란 호스가 장착되어 있었는데, 살수차도 아닌 것이, 무슨 용도인지 전혀 짐작이 가지 않았다.

"사모님이 바람났나요?"

다시 말을 이은 건 나였다.

"집사람은 아니고."

남자는 끌지 않고 대답했다.

"아는 여자."

트럭 앞좌석에서 한 사내가 뛰어내렸다. 그는 혼자 뭐라 중얼거리더니 곧 뒤를 살피기 시작했다.

"홍신소 같은 덴가봐요? 아니, 심부름쎈터라고 하나?"

"그놈들, 돈만 받아먹고 어째 이상하긴 해. 원래 이런 게 괜히 자기 치부만 드러내는 꼴이잖아? 아는 사람 통해서 소개받은 데긴 한데, 원래가 구린 놈들이나 이용하는 데니…… 원래가 말이야."

누구나 쓰기 싫어도 무의식중에 자꾸 튀어나오는 말이 있다. 그의 경우에는 '원래'가 그런 말인 듯했다.

물론 그런 거야 아무래도 상관없지만.

어느덧 시간은 세시를 넘어가고 있었다.

"그래서, 쫓기고 있다고?"

곰곰이 내 얘기를 들은 뒤, 중년남자는 말했다.

"쫓긴다기보다 누가 날 뒤쫓는다고요."

나는 재를 떨며 대꾸했다. 남자는 손에 든 휴대폰을 만지작거렸다. 마치 그게 그거 아니냐고 말하려다 참는 듯한 표정이었다.

"드디어 서로 알게 된 셈이죠."

"음……"

트럭기사는 타이어를 툭툭 차고 차량에 연결된 호스를 살피더니, 얼마 후 혼자 뭐라 뭐라 중얼대며 어디론가 사라졌다. 한껏 달궈진 아스팔트 위엔 고장난 트럭만이 덩그러니 남았다.

중년남자는 잠시 뜸을 들이다 다시 입을 열었다.

"그래서, 뭔가 비밀이라도 풀린 거야?"

"그럼요."

"그래봤자 고작 한방 먹은 것뿐이잖아? 그 사람과 딱히 대화를 나눈 것도 아니고. 그리고 그 사람이 이전에 중국집에서 자넬 보던 사람이랑 같은 놈인지 어떻게 확신하지? 요컨대 자네 생각보다 더 많은 놈들이 장난을 치고 있을 수도 있고 말이야."

"느낌이 있었죠."

"느낌?"

"네, 교감이랄까? 겨우 불을 빌려준 것뿐이지만요."

"………"

"처음 보장슈퍼와 부코스키를 찾아낼 때도, 설마 이렇게 쉬울까 싶었는데 결국 한번에 찾아냈거든요. 이건 꽤나 단순한 게임이에요. 처음부터 깨달았어야 했지만."

중년남자는 피식 웃더니 새 담배를 꺼냈다.

"근데 왜 그렇게 쉽게 당했지?"

"그땐 솔직히 준비가 돼 있지 않았어요. 그리고 굳이 당했다기 보다는…… 뭐랄까, 차라리 잘된 일이라고 생각해요."

"왜?"

"그 남자, 꼭 지금껏 저를 기다린 것 같았거든요. 내 쪽에서 먼저 알아채고 뭔가 해주기를 말이죠."

나는 라이터를 꺼내 중년남자에게 불을 붙여주었다. 그는 한 모금 깊게 삼키더니 연기를 뿜으며 중얼거렸다.

"……기다려준 거지 뭐."

요하에서는 다시 몇사람이 튀어나왔다. 신호등이 천천히 깜박거렸고, 어딘가에 갔다가 돌아온 트럭기사가 운전석에 올라 시동을 걸었다.

건널목엔 사람들이 하나둘 모였다가 우르르 떼를 지어 길을 건너곤 했다.

"자네는 부코스키를 쫓고, 또다른 남자는 자네를 쫓고……"

중년남자는 딱히 내게 말하는 것도 아닌 애매한 투로 중얼거렸다.

"셋이서 그런 꼴이네? 비오는 날에만, 딱히 이렇다할 이유도 없고…… 앞뒤 상황도 하나같이 석연치 않고."

그는 안주머니에서 손수건을 꺼냈다. 이마의 땀을 훔쳐내는 중년남자의 손에서 커다란 반지가 눈에 띄게 반짝였다. 푸른빛의 보석이었다.

"게다가 부코스키는 자기를 따라오는 게 누군지 알고 있고……"

"근데 왜 알면서도 그냥 내버려두는 걸까요?"

"자네도 어떤 놈이 따라오는데 개의치 않고 있잖아?"

"저야 그냥 쿨한 척하는 거고요."

"아니면 자네가 처음이 아니든가."

"네?"

"그동안 소문을 듣고 그 양반을 쫓아다닌 사람이 한둘이 아닌 거지. 자꾸 쫓기다보면 누구나 눈썰미가 좋아지게 마련이야. 자네처럼 어설픈 경우라면 딱 티가 난다고."

"에이, 설마요."

"부코스키처럼 자네에 대해서도 소문이 돌지 않았을까?"

나는 딱히 대꾸하지 않았다. 그때 메씨지가 도착했는지, 그는 휴대폰을 들여다봤다. 홍신소에서 연락이 온 건가? '아는 여자'의 뒤를 캐는 중년남자라…… 그보다 나는 이상하게도 그의 반지가 더 거슬렸다. 나는 이마에 맺힌 땀을 훔치며 이따금 시간을 확인했고, 괜히 진지한 척 얼굴을 찌푸리기도 했다. 다시 강조하지만, 그날도 미치도록 찌는 날이었다. 게다가 오후 두시가 넘었으니 이미 열대기후로 진입한 셈이었다.

잠시 후 남자는 휴대폰을 집어넣고 이것저것 더 질문했다. 나는 담배를 입에 문 채 그럭저럭 적당한 답을 고르거나 아예 입을 닫은 채 시선을 피했다. 언제나 그렇듯, 때로는 살을 붙여 얘기를 과장하거나 거짓말을 섞기도 했다. 이미 서로 알고 있다시피, 이것은 공식적인 자리가 아니었다.

그는 내가 굳이 말하지 않더라도 다 알 수 있다는 듯 내 답변이 시원찮을 때도 곰곰이 생각에 잠기거나 혼잣말로 뭐라 뭐라 중얼거렸다. 왠지 머리로는 '아는 여자' 생각을 하면서 입으로만 부코스키 얘기를 떠들고 있는 듯했다.

그래도 이 남자는 꽤나 예리하고 논리적인 사람 같았다. 따라서 약간의 거짓말은 필수였다.

"그래서 앞으론 어떻게 할 거야?"

"그 친구가 원하는 걸 해주려고요."

"그게 뭔데?"

"인수인계요."

남자는 새 담배를 물었고, 나는 라이터를 켰다. 그의 반지가 햇빛에 반짝였다. 누가 그랬더라, 보석엔 신비한 힘이 있다고.

"근데 그 녀석이 나타난 게 좋아?"

"네?"

"아까부터 왜 자꾸 실실거리지?"

왠지 아버지뻘 되는 남자 앞에서 재롱이라도 떨고 있는 느낌이었다.

"글쎄요."

나는 대충 얼버무리고는 씩 웃었다.

이 남자는 무슨 일을 하는 사람일까? 이 같잖은 로고의 회사가 평생직장인가? 저 정도 나이가 되면 자기 업무에 대해 그럴듯하게 설명할 수 있을지 모른다.

"거북이가 문제라는 건 이미 알고 있잖아?"

"제가요?"

시간이 천천히 흘렀다.

"그럼 왜 거북이한테 말하지 않았지?"

"………"

그는 내 대답을 기다리지 않고 빌딩을 올려다봤다. 아마도 아직 근무시간일 것이었다.

"사실 거북이를 만나기 전엔 이런 일이 없었죠. 그건 확실해요.

202

원래 부코스키의 소문 같은 것도, 예전의 저였다면 그러거나 말거나 그냥 시큰둥하게 넘어갔을 테고요."

나는 주저리주저리 떠들었다.

"거북이 땜에 집도 많이 어질러진 것 같고…… 뭐랄까, 생활도 많이 바뀐 것 같아요."

"이봐."

"네?"

"생활에 영향을 줄 정도는 아니잖아?"

그는 연기를 내뿜었다.

"원래 한철이야. 우기 때 잠깐이지."

나는 생각없이 하늘을 바라봤다. 푸르고 아득했다.

"올해는 유독 장마가 긴 거 아시잖아요? 기상이변이라고. 여름이 다 가도록 끝나지 않을지도 모르죠."

남자는 내가 가소롭다는 듯 피식 웃었다. 그러고는 꽁초를 버린 뒤 탁탁 엉덩이를 털며 일어났다.

"근데 아저씨, 몇살이세요?"

"나? 왜?"

"그냥…… 말이 잘 통해서요. 생각하는 게 젊으신 것 같고."

"어떤 면이?"

"그냥 왠지요."

"늘 그렇게 흐리멍덩하게 말해? 생각이 젊은 게 아니라, 난 원래 상대의 수준에 맞춰서 말을 고르는 편이야. 원래가 말이야."

홍신소 일은 잘 해결되길 바란다고 할까? 나는 속으로 인사말을 골랐다. 하지만 그는 내 인사를 기다리지도 않고 별말 없이 빌딩으로 돌아섰다.

'하긴 언제 또 볼 일이 있을까.'

남자는 성큼성큼 어두운 회전문을 통과했다. 나는 바위에 새겨진 회사 로고와 빌딩 깊숙이 사라져가는 그의 그림자를 번갈아 바라봤다.

'저 정도면 아마 부코스키 나이쯤 되겠지?'

또 여름

여덟시 이십분, 알람소리에 잠을 깼다. 나는 잠결에 우유를 마셨고 용변을 보았다. 창밖을 내다보니, 검은 우산 하나가 골목을 내려가고 있었다. 매번 느끼는 거지만, 빗소리란 의외로 조용한 데가 있다. 나는 잡히는 대로 옷을 걸쳐입고 집을 나섰다.

아홉시 정각, 부코스키는 보장슈퍼에서 나왔다. 늘 그랬듯 우리는 애견쎈터와 술집이 늘어선 거리를 지났다. 그리고 충무로역 지하로 내려가기 전, 대한극장 옆 샛길에서 검은 우산이 나타났다. 아마도 그는 내가 이 길목을 지난다고 주워들은 모양이었다. 뭐, 틀린 소문은 아니었다. 가끔 예외도 있었지만.

그날도 플랫폼엔 사람들이 많았다. 부코스키가 대열의 선두에서 승강구 앞에 섰고, 내가 그 뒤에, 그리고 검은 우산이 좀비들 같은 사람들 사이에 섞여 있었다.

지난 몇번의 비오는 날, 나는 꽤나 많은 사실을 알아낼 수 있었다. 그중 가장 흥미로웠던 것은, 한번 의식하기 시작하자 검은 우산이 지금 어디쯤 있는지 — 심지어 무엇을 하고 있는지까지 — 어디서든 쉽게 눈치챌 수 있더라는 것이었다. 이런 인파 속에서든 비오는 거리에서든, 비록 그가 내 뒤에 있다 해도 말이다. 흔히 상상할 수 있는 것만큼 쉬운 일은 아니었다. 마치 대낮에 사람들 사이에서 귀신을 보는 능력처럼 말이다. 매번 느끼는 거지만, 뭐든 알고 나면 너무나 단순한 것이다.

그날 부코스키는 선릉역의 빌딩숲을 거닐었다. 어디든 어떠랴, 그는 우리를 이끌기만 하면 그만인 것이다. 하나 둘, 하나 둘, 그렇게 검은 우산 셋이 나란히 같은 빌딩과 같은 횡단보도를 지났고, 같은 플랫폼과 같은 시간을 거쳐갔다.

어느날은 비가 오고, 어느날은 오지 않고, 어느날은 온종일 쏟아지기도 하고, 어느날은 금세 그치기도 하고…… 그렇게 몇주가 지나갔다.

나에 대해선 어떻게 소문이 돌았을까? 비오는 날에만 어디론가 가는 미친놈이 있다고? 그것도 매번 정시에 충무로역 근처에 출몰한다고? 그리고 누군가는 나를 부코스키라 부르기 시작했을지도 모른다.

막연하게나마 변화를 기대하지 않은 건 아니었지만, 여름은 끝나지 않았다. 꾸준히 비가 내린다는 게 아직도 계절이 바뀌지 않았음을 증명했다. 비가 오고 안 오고 반복된다는 것, 여러가지 일들이 동시에 진행되고 있다는 것. 그리고 또 뭐가 있을까?

토익 영어로 하자면 chain과 coincidence가 적당했다. 언젠가 나는 우리가 거쳐간 거리마다 그렇게 낙서할 것이다.

물론 그보다 앞서 부코스키를 버려야 할 것이다. 혼자 이 게임의 전임자가 되어 검은 우산을 이끌어야 할 것이다.

다행히도 걸어야 할 거리는 서울에 널려 있었다.

어느 맑은 날, 나는 집에서 이력서를 다듬었다. 평소 같으면 옆에서 비슷한 작업을 하고 있던 거북이가 시비를 걸고 툴툴거렸겠지만, 그날은 잠잠했다. 그녀는 며칠 전 사소한 일로 나와 다툰 뒤 홀랑 집을 나가버린 상태였다. 걱정이 되긴 했지만, 그렇다고 딱히 내가 할 수 있는 일은 없었다. 아직도 화가 났냐, 우린 둘 다 잘못한 게 없다, 뭐 그런 식의 메씨지라도 보낼 수는 있었겠지만, 별로 그러고 싶지 않았다.

그렇지 않아도 최근엔 거북이와 다투는 일이 잦았다. 서로 다툴 때면 그녀는 며칠간 집을 비웠다가 다시 돌아오는 식으로 시간을 흘려보냈다. 그렇게 불필요한 긴장을 덜었고, 그때마다 우리는 서로의 잘못을 묵인했다. 불편한 기운이 감돌 때 서로 떨어져 있는 건 제법 현명한 방법이었다. 하지만 그럴수록 나는 그녀와의 이별을

더욱 선명하게 상상해볼 수 있었다.

  별 진전 없이 채용싸이트를 뒤지다 심심해진 나는 언젠가 떠올린 적 있는 "절망이 벤치 위에 앉아 있다"라는 시구절을 검색했다. 그리고 그 작품을 쓴 프레베르에 대해 찾다 어느 블로그에 들르게 됐다.

  같은 카테고리에 있는 시들 중 「꽃집에서」라는 시가 유독 눈길을 끌었다.

    어느 남자가 꽃집에 들어가

    꽃을 고른다.

    꽃집 처녀는 꽃을 싸고

    남자는 돈을 꺼내려

    주머니에 손을 넣는다

    꽃값을 치를 돈을.

    동시에 그는

    손을 가슴에 얹더니

    쓰러진다

    그가 땅바닥에 쓰러지자

    돈이 땅에 굴러가고

    그 남자와 동시에

    돈과 동시에

꽃들이 떨어진다.

돈은 굴러가도

꽃들은 부서져도

남자는 죽어가도

꽃집 처녀는 거기 가만 서 있다.

물론 이 모두는 매우 슬픈 일

그 여자는 무언가 해야 한다

꽃집 처녀는

그러나 그 여자는 어찌할지 몰라

그 여자는 몰라

어디서부터 손을 쓸지를

남자는 죽어가지

꽃은 부서지지

그리고 돈은

돈은 굴러가지

끊임없이 굴러가지

해야 할 일이란 그토록 많아.

뭘 어쩌라는 건지 모르겠지만, 분위기나 리듬 같은 것이 마음에 들었다.

"해야 할 일이란 그토록 많아."

"해야 할 일이란 그토록 많아."

나는 몇번이나 그 시의 마지막 행을 중얼거렸다. 그리고 창밖으로 고개만 내민 채 담배를 피우다가, 아득한 하늘을 보다가, 마침내 지지부진한 노트북을 덮고 집을 나섰다.

우선은 발 닿는 대로 마냥 걸었다. 그러다 자연스레 동네 놀이터를 지났다. 아직도 방학인가? 미끄럼틀 근처의 아이들은 여전히 알 수 없는 괴상한 놀이를 하고 있었다.

나는 그네에 걸터앉아 담배 한 개비만큼의 시간을 보냈다. 그리고 얼마쯤 지나 자리를 뜨려고 할 때, 근처에 버려진 가방 하나를 발견했다. 그것은 고시생의 가방처럼 낡고 땡땡했다.

한번 열어볼까 하는 호기심이 없던 것은 아니었지만, 역시나 께름칙했다.

'누가 버렸을까? 게다가 뭐가 저렇게 꽉 들어차 있담.'

언젠가 학교에서 마주쳤던 여학생이 떠올랐다. 매일 저 정도 무거운 가방을 멘 채 버릴 수도 없는 꿈을 꾸며 도서관을 오가던 여학생. 그녀는 결국 저렇게 가방으로 변해버린 것이다.

시시한 공상인가? 어쨌든 슬픈 일이다.

'그 여자는 몰라. 어디서부터 손을 쓸지를. 해야 할 일이란 그토록 많아……'

다시 얼마쯤 걸었을까, 나는 작은 공사장에 이르렀다. 아슬아슬하게 쌓여 있는 공사자재들 사이에서 누렁이 한 마리가 혼자 놀고 있었다. 왈왈, 녀석은 나를 보고 짖더니 꼬리를 흔들며 터덜터덜 안쪽으로 사라졌다.

내 기억이 틀리지 않다면, 이곳은 얼마 전까지 새 빌라를 짓던 공터였다. 하지만 지금은 인부들이 보이지 않았다. 공사가 중단된 건가? 작업을 하지 않은 지 며칠은 된 것 같은데, 그렇다고 뭐가 어떻게 틀어진 건지는 알 길이 없었다.

나는 누렁이가 앞서간 길을 따라 조금 더 안쪽으로 발을 옮겼다. 이층까지 대충 골격만 만들어진 집터에는 쓰다 만 철근과 유리, 강목 따위가 아무렇게나 널브러져 있었다.

'저긴 베란다 터, 저긴 이층으로 올라가는 계단…… 그럼 저긴 화장실인가?'

누렁이는 뻣뻣한 꼬리를 살랑거리며 군데군데 냄새를 맡고 있었다. 그러고는 내가 화장실 터라고 예상한 곳에 다가가 찔끔찔끔 오줌을 뿌렸다. 나는 킁킁대는 녀석을 내버려두고 옆집으로 이동했다. 간밤에 쏟아진 비가 곳곳에 고여 있었다. 음습하고 어두운 공간이 이어졌다. 그리고 그 한구석에 민호가 있었다.

"여긴 웬일이세요?"

마치 기다리고 있었다는 듯, 녀석이 먼저 아는 체를 했다.

"누렁이 땜에."

"아하."

민호는 깨진 유릿조각 근처에 앉아 있었다. 주변엔 위험해 보이는 자재들이 꽤 많았지만, 녀석은 개의치 않는 듯했다. 철없는 아이

들이 버린 듯한 소주병과 맛동산 봉지 따위가 여기저기 굴러다니
고 있었다.

"오늘은 놀이터가 아니네?"

나는 조심조심 발을 디디며 녀석에게 다가갔다.

"오늘은 땅바닥에 뭐 안 그려?"

"생각 좀 해보고요."

민호는 씩 웃으며 어딘가를 가리켰다. 짓다 만 건지 허물어진 건
지 알 수 없는 씨멘트벽에 둥글게 구멍이 뚫려 있었다.

"비밀통로를 만들려고 했었나봐요."

나는 잠시 녀석의 수준에 맞추자면 무슨 말이 적당할까 고민했
다. 하지만 민호는 대답을 기다리지 않고 먼저 딴소리를 했다.

"근데 아저씨 아직도 그러고 다녀요?"

"누구? 부코스키?"

"둘 다요."

나는 대충 부코스키의 근황을 들려주었다. 물론 검은 우산의 등
장에 대해서도 빼먹지 않았다.

"아무래도 지금껏 나를 따라다닌 것 같아."

민호는 딴전을 피우다가 심드렁하게 대꾸했다.

"그럴 줄 알았어요."

"그래?"

"아무래도요."

나는 비밀통로인지 개구멍인지 알 수 없는 곳에 기대앉았다.

"그럼 그 사람도 비오는 날에만 쫓아오는 거네요?"

이번엔 내가 딴전을 피우다가 대답했다.

"그런 것 같아."

"음…… 그럼 역시 부코스키도 누군가를 쫓고 있던 걸까요?"

"아무래도."

"아주 오래전부터?"

"그래."

"비가 올 때만 말이죠?"

"부코스키도 그게 궁금했겠지 뭐. 왜 비가 올 때만 저러나, 직접 알아보고 싶었을 테고."

이 녀석이 제대로 알아듣고 있나 싶었다. 나는 예전에 교실에서 소문이 돌았다던 남자에 대해 물었다.

"아, 그 살인마요?"

"뭐든. 하여간 결국 정체가 뭐였지? 예전 얘기니까 어떻게든 결론이 났을 거 아냐? 왜 하필 비가 올 때만 그랬는지, 또 그 긴 시간 동안 혼자 무슨 짓을 하고 다녔는지."

"그건 모르쇠요."

"모르쇠?"

"그건 언제부턴가 시들었어요. 더 강력한 소문이 터졌거든요."

"그래?"

"스캔들이요. 우리 담임이랑 3반 담임이 사귄다는 소문."

"아, 스캔들……"

나는 머리를 긁적였다.

"그게 더 강력한 거야?"

"아무래도요. 요즘 같은 때 선생님은 좋은 직장이잖아요."

"초등학교는 별로야."

나는 비꼬듯 말했다. 비가 내린 뒤라 그런지 먼지 섞인 씨멘트 냄새가 났다.

민호는 한동안 선생들의 스캔들에 대해 떠들었다. 같은 반 아이들에 대해서도 얘기했다. 나는 적당히 맞장구를 치기도 하고 괜히 웃어주기도 하며 녀석의 얘기를 끝까지 들어주었다. 낮인데도 컴컴한 것이, UFO의 내부처럼 시간이 멎은 듯했다.

"그럼 거북이는 검은 우산에 대해 뭐라 그래요?"

헤어지기 전, 민호가 물었다.

"걔는 요즘 바빠."

"그렇다고 말도 안한 건 아니잖아요?"

딱히 할말이 없었다.

"끝까지 감출 수는 없을 거예요."

민호는 짐짓 진지한 척 조언했다.

해질 무렵, 집에 돌아오니 거북이가 돌아와 있었다.

"어디 갔다 와요?"

그녀는 노트북 앞에 앉아 프린트 용지들을 뒤적이고 있었다.

"그냥, 누구 좀 만나고 왔어."

나는 대충 둘러댔다.

"이것들은 잘돼가는 거예요?"

거북이는 이력서를 가리키며 물었다.

"별로."

"나도 그런데……"

"힘내."

"조언 좀 해봐요. 경험에서 우러나오는 현실적인 조언."

나는 피식 웃었다.

"나부터도 죽어라 실패만 계속했는데, 도움이 되겠어? 뭐라도 된 놈한테 알아봐야지."

"그런가요?"

그쯤에서 그녀도 기분좋게 웃었다.

"원래 실패한 사람의 사례가 더 도움이 되지 않나요?"

"그게 누군데?"

"누굴 거 같아요?"

시간이 천천히 흘렀다.

214

백수가 간다

조연정

1. 구직이라는 무임금노동

실업자가 백만을 육박하는 시대에 새로 생긴 직종이 있다면 그
건 아마도 취업준비생이 아닐까. 인터넷 앞에 앉아 '잡코리아' 같
은 취업싸이트를 돌아다니며 채용공고를 수집하고, 매뉴얼대로 이
력서와 자기소개서를 작성하여 이리저리 면접을 보러 다니는 취업
준비생들이 2009년 현재, 그야말로 하나의 직업군을 형성하고 있
다고 해도 틀린 말은 아니다. 이들의 공식적인 직함은 '구직자' 혹
은 '백수'일 것이고, 평상시의 유니폼은 대개 헐렁한 추리닝에 "땡
땡한 가방"(135면)과 "족쇄 같은 슬리퍼"(128면)일 것이며, 고질적인
직업병은 아마도 '혹시나 했으나 역시나' 증후군쯤이 될 듯하다.

타인 앞에서 괜스레 바쁜 척하기가 주특기인 이들에게는 "살인마랑 실업자는 전혀 다른 거야"(108면)라며 놀이터의 초등학생을 상대로 자신의 직업에 대한 오해를 풀어줘야 할 일도, "사회를 기웃거리는 강아지"(122면)에 불과하다는 자괴감으로부터 스스로를 위로해야 할 일도 수시로 생긴다. 정신적으로든 육체적으로든 그 엄청난 노동량을 무임금으로 소화해내고 있는 이들에게, 과연 언제쯤 '이직'의 기회가 올 것인가. 과연 이들도 언젠가는 아침 출근길의 고통을 토로하며 점심시간의 행렬에 동참하는 번듯한 직업을 갖게 되기는 할 것인가. 대답은 회의적일 수밖에 없다. 요즘 같은 시대에 백수들이 합격통지를 기다리는 것은, 하릴없이 비오는 날을 기다리는 일만큼이나 무기력한 행위이기 때문이다.

취업준비생 혹은 백수가 하나의 직업군으로 떠오른 것은 2000년대 우리 문단에도 새로운 사건으로 기록될 만하다. 그리고 그것은 대단히 비극적인 사건이 아닐 수 없다. 물론, 사회라는 거대한 조직의 일원이 되지 못한 백수들이 소설의 주요 등장인물이 되었던 경우를 우리는 심심치 않게 보아왔다. 그러나 이즈음의 소설에서처럼 그러한 인물들이 너무나 익숙한 모습으로 그려지는 경우를 우리는 보지 못했다. 우리 시대의 백수들은 "매우 평범함"(33면) 그 자체인지라, 소설에서든 현실에서든, 이들이 씨스템에 편입되기를 자발적으로 거부하는 저항세력으로 비칠 가능성은 별로 없다. 백수가 더이상 타자적인 존재는 될 수 없으며, 백수소설이 그야말로 완벽한 세태소설이 되어버렸다는 사실은, 우리 시대의 비극이자 우리 문학의 불행이다.

일하지 않는 자들은 결국 일할 수 없는 자들이라는 점, 이들에게는 아무런 대책이 없다는 점, 기껏해야 '도대체 내가 뭘 잘못한 거야'라는 식의 분노를 홀로 표출해보거나 자신들의 무임금노동을 놀이나 게임의 형태로 그저 견뎌볼 뿐이라는 점, 이것이 이즈음의 백수소설이 우리에게 보여주고 있는 젊은 세대의 참상이다. 청춘의 씸벌이 더이상 반항과 열정일 수 없는 시대, 오히려 배고픔과 무기력과 조바심이 청춘을 갉아먹는 시대에 우리는 살고 있는 것이다. 그렇다면 우리 시대의 젊은 백수들은 무엇을 할 수 있으며, 백수소설은 또 무엇을 할 수 있을까. 아니, 무엇을 해야 하는 것일까. 또 한편의 백수 이야기를 만난다는 것이 여러모로 반갑지만은 않은 상황이기는 하지만, 한재호의 『부코스키가 간다』는 독자들의 이러한 불만을 불식시켜줄 만한 요소를 충분히 지닌 진화된 백수소설이라 할 수 있을 것 같다. 이 소설이 '무기력한 백수들'의 실상을 고스란히 담아내는 '권태로운 백수소설'이 아니라, 우리 시대가 요구하는 새로운 성장의 문법을 마련하고 있다는 점에서 그렇다.

2. 성장이 불가능한 시대의 '성장통소설'

소설이란 무엇인가. "말도 안돼"(7면)라는 뜬금없는 대사로 시작하는 한재호의 소설을 읽기 전에 소설을 '타락과 구원의 서사'로 정리했던 루카치를 한번 복습해보자. 루카치에 따르면 근대소설은 '신에게 버림받은 시대의 서사시'이다. 소설은 세계와의 불화를 해결하기 위한 총체성을 자기 내부로부터 발견하는 형식이며, 따라서 '성숙한 남성의 형식'이다(게오르그 루카치 지음, 반성완 옮김 『소설의 이론』, 심설당, 90~91면). 반면, 대답만을 알았을 뿐 물음은 알지 못했고, 해답만을 알았을 뿐 수수께끼는 알지 못한 '서사시'는 '규범적인 어린아이의 형식'이라고 할 수 있다. 그렇다면, "여전히 나는 학교 주변이나 맴도는 강아지였다"(13면)라고 자인하는 "서른살 소년"(95면)의 무기력하고 권태로운 일상을 그리고 있는 한재호의 『부코스키가 간다』가 가까스로 '성숙한 남성의 형식'이 될 만한 자격을 갖추는 것은, 이 소설이 대답보다는 질문을, 해답보다는 수수께끼를 풍부하게 담고 있기 때문이라고 할 수 있겠다.

'나'는 대학 졸업 3년차, 예비군 6년차의 취업준비생이다. 어느날 눈떠보니 전날 술자리에서 처음 본 후배가 옆에서 자고 있다. 그녀와의 어색한 대면을 피하기 위해 집을 나선 '나'는 식당에서 아침을 먹던 중, 비오는 날만 되면 가게문을 닫고 외출을 한다는 '부코스키'라는 남자에 대한 소문을 듣게 된다. 집으로 돌아온 '나'는 여전히 자신의 자취방에 누워 있는 '거북이'를 닮은 그녀에게 부코스키의 이야기를 전하기 시작한다. 할 말이 있어 다행이라는 듯이. "그렇게 실없이 꺼낸 얘기가 모든 것의 시작이었다"(23면). 그날 이후 자연스레 동거를 시작한 이 커플은 이상한 호기심이 발동해 부코스키에 대한 "소문이 사실인지 아닌지 확인"(30면)해보고자 마음

먹는다. 자신들의 삶에 그처럼 실없는 의욕이나마 필요했다는 듯이, 우연히 접한 소문에 적극적으로 반응하기 시작한 것이다.

그러니까 이 소설은 종로, 여의도, 강남역, 이대입구, 홍대 등으로 이어지는, 비오는 날 부코스키의 행적을 쫓으며 걷고 또 걷는 이야기에 다름아니다. 실패가 뻔한 면접을 간간이 보러 다니면서 비오는 날만 기다렸다가 무기력하게 부코스키를 쫓는 이 이야기는 그야말로 할일 없는 백수의 일상을 사실적으로 보여주기에 충분하다. 오며 가며 처음 본 사람들에게 어느 틈엔가 부코스키를 쫓는 자신의 이야기를 주저리주저리 늘어놓고 있는 '나'의 모습은 너무나도 백수답지 않은가. "할일 없으면 뭐라도 해요. 쓸데없는 짓 하지 말고요. 그래도 밥벌이는 해야죠."(46면) 이런 말을 듣는 것도 당연하다.

애초에 진실과는 동떨어진 소문을 추적하는 '나'의 모습은, 인터넷에 떠돌아다니는 "쓸데없는 소식들"(48면)을 훑는 것으로 하루를 다 보내는 우리 시대 백수들의 모습과 크게 다를 것이 없다. 아마도 작가는, 일말의 기대를 품는 것조차 민망할 정도로 반복되기만 하는 면접 레이스가 진실 없는 소문을 쫓는 것처럼 허망한 행위일 뿐이라는 사실을 말하고 싶었을지도 모른다. 요컨대 이 소설의 두 가지 테마인 '진실 없는 소문'과 '까닭 없는 미행'은, 취직이 보장되지 않은 채로 끊임없이 시도되기만 하는 구직행위가 얼마나 소모적인 것인가를 상징적으로 보여준다. 번듯한 대학까지 나온 "지극히 상식적인"(44면) 서른의 청년이 그처럼 허망한 일에 인력을 낭비하고 있는 어이없는 현실이 다소 서글프게 묘사되고 있는 것이다. 이처럼 '말도 안되는' 행위에 관성적으로 몰두하는 주인공이 오히려 충분한 공감을 얻는 것은 불행한 시대를 타고난 작가의 (불)운이다.

면접과 미행이 반복될수록, 원하는 직업을 얻겠다는 기대도, 부코스키의 진실을 밝히겠다는 의욕도 점점 '나'에게는 요원한 것이 되어간다. 그는 지금 "내가 지금 여기서 뭘 하고 있는 걸까"(59면)라는 자괴감 속에서, "각자 관찰하고 답을 내야"(63면) 한다는 어설픈 룰에 맞춰, 백수생활의 무료함을 견딜 요량으로 부코스키를 쫓거나, 비오는 날을 기다리는 "시간을 견디기 위해 이력서를 쓰"(180면)거나 하고 있는 것이다.

소문 속의 남자를 미행하기 시작한 '나'가 맞닥뜨린 질문은 '부코스키는 누구인가' '나는 왜 그를 쫓는가'라는 두 가지 질문으로 압축된다. 물론 이 두 질문은 현재 그의 삶에 있어 가장 핵심적인 질문이라 할 만한 것을 다소간 은폐하고 있다. 그것은 바로, '나는 어떻게 살 것인가'라는 질문일 것이다. 이는 우리 시대 백만의 백수들이 매순간 자문하고 있는 것이기도 하다. 별 소득 없는 하루하루를 초조와 무기력 속에서 살아내고 있는 '나'는 "과연 준비하고 또 준비하면 손에 쥘 수 있을까"(161면) "나는 알아내야 할 게 많았고, 천천히 알아갈 수 있으리라 생각했다"(167면)라는 말들을 무심결에 중얼거린다. 군데군데 삽입된 일인칭 화자의 이같은 자기점검의 고백들은, 흥미로운 일에 몰두하면서 구직의 피로와 절망을 잊어보려는 현실도피적 소설들과 이 소설이 어떻게 차별되는지를 보여준다. 한재호의 『부코스키가 간다』가 작금의 세태를 묘사하는데 치중한 여타의 백수소설들과도 차원을 달리할 수 있는 것은, 이소설이 간직하고 있는 수많은 질문들 때문이다. 언제나 준비된 면접자인 '나'에게는 수많은 질문들이 쏟아진다. 꿈속에서도 예외는 아니다. 상대방을 향한 '나'의 질문에도, 돌아오는 것이라고는 언제나 "본인이 더 잘 아실 거 아녜요?"(191면)라는 반문뿐이다. 설상가상으로 이 소설은 "이것들은 잘돼가는 거예요?"(214면)라는 질문만을 남긴 채, 미완의 탐정소설처럼 끝나버리고 만다. '나'에게 부과된 그 어떤 질문에도 답은 주어지지 않는다.

이렇게 허망한 소설이 또 있었던가. 그러나 한재호의 추적담에 뚜렷한 해답이 마련되어 있다면 그것이 오히려 거짓말처럼 여겨질지도 모른다. 아니, 모든 의문이 풀리면서 끝을 맺는 대중적인 탐정소설들처럼 흥미 위주로 소비되고 말았을지도 모른다. 우리의 주인공에게는 '질문'과 '단서'들만이 넘쳐날 뿐 아직 그가 그것들을 풀어낼 만한 능력까지는 지니지 못했다는 것이, 오히려 이 소설을 진실된 것으로 만든다. 이제 우리는 한재호의 『부코스키가 간다』를 질문만 있고 해답은 없는, 타락만 있고 구원은 없는, 상실만 있고 성장은 없는 '성장통소설'이라 불러도 좋을 것이다. '거북이'가 들려준 소설 속의 또다른 이야기처럼 이 소설은 한마디로 "성장통에 관한 얘기"(104면)인 것이다. 루카치가 말한 '성숙한 남성의 형식'으로서의 교양소설은 아직 되지 못했지만, '성숙한 남성이 되어가려는 형식'을 보여주고 있는 소설이라고나 할까.

박탈을 받아들이고 세계에 편입하는 것이 '성장'에 관한 오래된 판본이라면, 오늘날 우리의 젊은 세대는 이미 만성이 되어버린 상실감과 박탈감 속에서 여전히 세계의 주변만을 맴돌고 있을 뿐이다. 세계와의 불화가 너무나도 심각한 지경에 이른 시대에, 성장소설이 결국은 다 "말이 안되는" 거짓말소설이 되어버린 시대에, 해답 없는 질문만을 쏟아내고 있는 이 소설은 이 시대에 적합한 성장의 서사가 어떤 것이어야 하는지를 보여준다. 우리 시대의 성장이란 답이 주어지지 않을지라도 질문을 멈추지 않는 일, 바로 그것이 아닐까. 그렇다면 이 소설을 읽고 "왠지 내 얘긴데?"(99면)라며 기시감을 느끼는 독자라면, 지금 자신이 성장중이라고 생각해도 좋다. 물론 그런 독자들이 많다는 것은 작가에게는 행복일지 몰라도, 우리 모두에게는 불행이 아닐 수 없다. 씨스템에 끼여드는 것이 도저히 불가능하기 때문에 씨스템을 거부할 수조차 없는 그러한 시대 속에서, 우리는 성장 아닌 성장을 하고 있는 것이기 때문이다. 한재호의 『부코스키가 간다』는 정확하게 이러한 지점을 묘파하는 우리 시대의 솔직한 성장담이다.

3. 질문을 멈추지 않기 위하여

탐정은 정신분석가와 마찬가지로 철저하게 '사실'의 영역이 아닌 '의미'의 영역을 다룬다. 탐정과 정신분석가는 여러 단서들을 토대로 이야기를 재구성해내는 동일한 작업을 하고 있는 사람들이다 (슬라보예 지젝 지음, 김소연 옮김 『삐딱하게 보기』, 시각과 언어 1995, 105~125 면). 그렇다면 작품을 읽는 독자 역시 탐정이자 정신분석가일 수밖에 없다. 작품을 읽는다는 것은 작가가 던져준 단서들을 꼼꼼히 살피며 자신만의 의미를 만들어내는 작업이기 때문이다. 한재호의 소설을 읽는 독자는 미행에 몰두해 있는 주인공과 더불어 이같은 탐정놀이에 좀더 쉽게 빠져들 수 있다. 여름철 장맛비처럼 눅눅하고 권태로운 분위기가 압도적인 이 소설이 의외의 가독성을 얻는 것은, 끝까지 독자의 호기심을 자극하는 추리소설적 장치 때문이다. 독자는 '검은 우산'을 쓴 주인공이 되어 부코스키를 쫓거나, 나아가 부코스키를 쫓는 '나'를 쫓는 또다른 '검은 우산'의 사내가 되어 이 추적의 레이스에 동참하게 된다.

독자는, 부코스키의 행로에 동그라미를 쳐보거나, 부코스키를 미행하는 주인공 앞에 반복적으로 나타나는 "미친년은 아니겠지만, 미친년 같"(74, 146면)은 조깅하는 여자에 주목해보거나, 주인공에게 담뱃불을 빌리며 접근하는 사람을 경계해보거나, '나'와 뜬금없이 대화를 나누는 여러 인물들, 즉 '노점상 주인' '지하철 사나이' '79번 면접자' '중년남자'에 주의를 기울여볼 수도 있다. 그러나 탐정소설의 문법을 잘 아는 사람들이라면, 이같은 단서들이 사실 함정에 불과하다는 사실을, 결국 아무것도 알려주는 게 없는 속임수에 불과하다는 사실을 금방 눈치챌 수 있다. 초등학생 '민호'의 말마따나 부코스키는 그저 비오는 날이 좋아서 그날만을 골라 외출하는 평범한 슈퍼 주인일 수도 있으니까 말이다. 그리고 빗속에 조깅을 하는 사람도, 지하철에서 누군가가 자신을 밀었다고 외치는 사람도 주변에서 흔히 접할 수 있는 평범한 사람들일 수 있으니까 말이다.

가장 비정상적으로 보이는 것이 사실은 가장 의미없는 것이며, 가장 평범해 보이는 것이 사실은 가장 문제적인 것이라는 사실, 이것은 모든 것을 의심의 눈초리로 보기 시작한 탐정이 명심해야 할 작업수칙 제1호이다. 이같은 탐정서사의 문법을 잊지 않은 독자는, 지금 하릴없이 이상한 소문의 실체를 쫓고 있는 우리의 주인공이 사실은 가장 의미있는 일에 몰두해 있다는 사실을 간파할 수 있다. 부코스키는 사실 아무도 아니다. 그가 누구인지, 그가 어디로 가고 있는지는 중요한 문제가 아니다. 그의 검은 우산이 상징하듯, 의미가 밝혀지지 않는 그의 이름이 상징하듯, 부코스키는 다만 '나'에게 끊임없이 어떤 질문을 던지는 일종의 '공백지점'인 것이다. 부코스키를 쫓는 '나'는 지금 자기 삶에 대해 질문을 멈추지 않는 일, 바로 그것을 하고 있는 것이다. 질문을 멈추지 않는 한, 언젠가는 해답에 근접해갈 수 있으리라는 사실은 분명하다. 또한 그것이 이 시대의 백만 실업자가 지닐 수 있는 유일한 희망이라는 점도 분명하다.

부코스키를 쫓는다고 해서 '나'의 삶에 "결국 아무것도 달라지는 것은 없"(144면)을지언정, 그처럼 무언가를 쫓고 있다는 사실 자체가 '나'의 삶을 가까스로 의미있는 것으로 만들어준다는 사실,

이것이 바로 한재호가 우리에게 진정 말하고 싶은 것이 아니겠는가. 그렇다면 부코스키를 쫓아다니는 것이 할일 없는 백수의 한심한 행위일 리 없다. 요컨대, 이 소설이 그리는 미행의 행위는, 모든 것이 허사로 돌아갈 리 없다는 한줌의 희망 속에서 자신만의 일자리를 찾아 오늘도 미로 같은 취업 싸이트 속을 헤매고 있는 우리 시대 백수들의 '건강한' 자화상을 보여준다. 더불어 모든 것을 포기해버리지 않는 한 우리의 삶이 결국 유의미한 것이 될 수 있으리라는 기대마저 보여준다.

삶이란 자기 스스로 만든 질문을 해결하기 위해 무언가를 쫓고 또 쫓는 과정이다. 그 과정에서 결국 해답은 내 안에 있다는 사실을 발견하는 것이 진정한 성장이다. "질문과 대답이 어긋날 때마다 (…) 모욕적인"(194면) 기분이 드는 것을 피할 수는 없겠지만, 그 열패감과 모욕감을 외면하지 않은 채 어쨌든 정답을 구하려는 시도를 포기하지 않는 것이 지금 우리가 할 수 있는 일의 전부일 것이다. 『부코스키가 간다』가 독자에게서 이같은 깨달음을 이끌어낼 수 있다면 그의 탐정놀이는 어느정도 성공한 셈이다. 도대체 부코스키는 어디로 가고 있는 것일까. 우리는 과연 무엇을 쫓고 있는 것일까. "그건 모르쇠요."(212면) 아마 이것만이, 실패로 가득 찬 우리의 삶을 그나마 의미있는 것으로 만들 수 있는 최소한의 정답이 아닐까. 한재호의 『부코스키가 간다』는 이립(而立)의 나이에도 여전히 성장통만을 앓고 있는 불행한 우리의 젊은 세대에게, 끊임없이 자기 위치를 점검하는 것만이 삶이라는 이 무료한 레이스의 주인이 되는 방법임을 일러주는 소설이다. 이제 우리는 이 신인작가의 행보를 직접 쫓는 일을 시작하게 될 것이다. 유쾌한 호기심과 따뜻한 신뢰가 동반될 수 있기를, 그래서 이 미행만큼은 영원히 끝내고 싶지 않은 행복한 게임이 될 수 있기를, 기대해본다.

曹淵正 | 문학평론가

　　한재호의『부코스키가 간다』는 우리 시대의 첨예한 사회적 현안 가운데 하나인 청년실업 문제를 재기발랄한 착상과 경쾌한 어조로 그려낸 작품이다. 청년백수인 '나'가 한 평범한 동네 주민의 비범한 행적을 우연히 전해듣고 그를 미행하는 지극히 평이한 스토리가 서사적 골격의 거의 전부라고 할 수 있다. 그러나 이 작품은 얼핏 별로 의미없어 보이는 지루한 사건을 미묘한 반복과 변주로 차근차근 쌓아나간다. 거듭되는 미행 속에서 일상적 공간으로서의 서울이 지닌 다층적인 면모가 드러나고, 그 안에서 살아가는 익명의 주민들간의 건조한 관계가 풍부한 암시로써 새롭게 조명된다. 초월과 구원의 가능성이 봉쇄된 요지부동의 현실에 섣불리 분노하거나 쉽게 체념하지 않으면서도, 이 현실을 있는 그대로 승인하지 않고 자신만의 스타일로 전유해내는 능력은 이 작품만의 개성적인 미덕이라고 할 수 있다. 물론 허술한 측면도 없지 않지만, 심사위원들은 오늘날 소설이 처한 곤경을 예민하게 의식하고 있으며 이를 돌파하는 소설적 방법론에 대한 자각이 뚜렷하다는 점에 기대를 걸기로 합의했다. 새로운 작가의 탄생을 축하하며, 그가 소설 속 한 인물의 명명을 통해 경의를 표한 미국 작가 찰스 부코우스키처럼 기성질서와 주류적 가치의 이면을 날카롭게 응시하는 예외적인 개성으로 성장하기를 기원한다.

　　　　　　제2회 창비장편소설상 심사위원 | 구효서 김영희 신경숙 진정석

| 수상소감 |

내가 이 소설을 쓰던 곳은 광화문 부근의 스타벅스였다. 그곳은 늘 시장바닥처럼 시끌벅적했고 많은 얘기들이 떠다니고 있었다.

가끔 소설이 막힐 때면 나는 사람들을 구경하거나 그들의 얘기를 엿들으며 시간을 보냈다. 그러다 때로는 그중 한 명을 미행하는 상상을 하기도 했다. 상상이 뜻대로 이어지지 않을 땐 발길 닿는 대로 거리를 걸었다.

걷고 쓰고, 걷고 쓰고. 그렇게 시간이 흘러 결국 작품이 완성됐을 땐 남모르게 뿌듯했다. 게다가 수상으로 이어졌으니 더할 나위 없이 기쁘다.

수상소식을 듣기 전부터도 종종 수상소감을 연습해보곤 했다. 그땐 참 쉽게 썼던 것 같다. 그러던 어느날 진짜 수상을 알리는 전화가 걸려왔다. 두더지나 백곰의 장난이라 확신하면서도 왠지 모르게 가슴이 두근거렸다. 그것은 진짜 창비의 진짜 장난이었다.

진짜 수상소감을 쓰고 있는 지금도, 설마 누군가의 장난일까, 모든 게 의심스럽다. 그러면서도 나도 모르게 피식피식 웃고 있다.

수상소식을 듣고 함께 기뻐해준 모든 이들에게 감사한다. 멀리 있어 뒤늦게 책을 보게 될 이들과 다시는 보지 못할 이들에게도 죄송하고 감사한 마음을 전한다.

술자리든 잠자리든 전화통화든 소설에 대해 떠드는 시간이 가장 즐거운 것 같다. 머지않아 내 책을 두고 그런 자리를 갖게 되지 않을까 기대된다.

2009년 2월
한재호

부코스키가 간다

초판 1쇄 발행／2009년 3월 2일
초판 4쇄 발행／2010년 1월 25일

지은이／한재호
펴낸이／고세현
책임편집／이상술
펴낸곳／(주)창비
등록／1986년 8월 5일 제85호
주소／413-756 경기도 파주시 교하읍 문발리 513-11
전화／031-955-3333
팩시밀리／영업 031-955-3399 · 편집 031-955-3400
홈페이지／www.changbi.com
전자우편／literat@changbi.com
인쇄／상지사P&B